オリンピア

デニス・ボック

OLYMPIA
DENNIS BOCK

越前敏弥
TOSHIYA ECHIZEN
訳

JN117711

北烏山編集室

アンドレアへ、愛をこめて。
そしてマリアへ。
いつも

完全に失われたものだけが、果てしなく呼び名を求められる。情熱はそれが取りもどされるまで呼びつづける。

——ギュンター・グラス

問題を前もって知らしめることは助けになるのだろうか。（中略）死自体が不確実性へと変容するものであり、その不確実性から偉大な寺院や救済の物語が生まれるものであると思い起こさせることは？

——ティム・オブライエン『失踪』より

目次

I

レニ・リーフェンシュタール*1が編集したあとの映像から、この話を語ることはできないだろう。何マイルにも及ぶサブプロットや暗示的な映像が切り刻まれて黒いリボンに何度もまとめられ、忘れ去られた。くじいた足首、鼻をほじる退屈そうな顔、ベルリンの歩道に落ちてつぶれたアイスクリーム・コーン。ある三十六秒間の映像には、アメリカの偉大な短距離走者ジェシー・オーエンスが登場し、ドイツのヨット選手と握手をする。ルドルフというこの選手はまったく無名だが、半世紀以上経ったあと、なんの関係もない物語で死からよみがえる。フレーム番号134でルドルフは身を乗り出し、よく聞こえない声で結婚式への招待を口にする。式は年内におこない、場所はバイエルンで、ルートヴィヒ二世のヘレンキームゼー城が建つ島に近い高貴なる湖上だ、と。短距離走者は、歴史の流れを変えたばかりでまだ呼吸が荒く、身ぶりで応えながら前へ進む。未来の新郎を抱擁しようとしたのか、それとも押しのけたのか、ただ通り過ぎたのか。この映像はフレーム番号709でカットされて、使われなかったので、いまとなってはわからない。

*1――ドイツの映画監督［一九〇二~二〇〇三］。一九三六年のベルリン・オリンピックの記録映画〈民族の祭典〉〈美の祭典〉などで知られる。

I

The Wedding

結婚式

夜の道を湖から車で帰ってきたぼくたちは、みな押しだまっている。湖には一日半いて、警察とのあれこれの手続きを片づけた。あの事故からずっと、ぼくはネクタイをポケットに入れたままだ。それを取り出して、暖炉の上の木棚に置く。すぐ横には、もう何年も見ていなかった写真がある。三時間前に車に乗りこんでから、だれも口をきいていない。外でコオロギたちが騒々しいのは、プールや高級化学肥料のかすかなにおいに興奮しているからだろう。妹のルビーを母さんが静かに抱きかかえ、起こさないように注意して寝室へ運んでいく。車のなかで、ぼくは眠りに落ちたルビーの足をさすっていた。新しい靴のせいで皮がむけていたけど、ルビーは文句も何も言わなかった。台所では、ガスレンジの上の明かりだけがついている。静かに響く冷蔵庫の音は葬式の歌のようだ。外では、父さんが裏庭のヒマワリに水をやっている。ヒマワリは夜露に濡れて、もうぐっすり眠っているのに。

　ぼくは暖炉の木棚から、少女二十二人の集合写真を手にとる。その写真は何年も前から、カリフォルニアのマリアンおばさんが持ってきた何個かのアカスギのかさと、鷲の形をしたほこりまみれの大きな蝋燭との陰に隠れていた。写真のおばあちゃんは前の列で脚を組んですわり、えくぼを浮かべて笑う様子がいかにも健康そうに見える。これは一九二七年の裁縫のクラスで、白黒の写真がとらえた制服と職業学校の日々だ。裏には名前と歳が並び、数字の7にヨーロッパ式の横棒が加えてある。おばあちゃんの名前はロッティ。その横に〝17〟の走り書きがある。

ぼくはひとりひとりの顔をよく見ながら、このあとでそれぞれの人生がどうなったかに思いをめぐらす。おばあちゃんが笑っているのは、この日は授業が早めに終わったからではないだろうか。そして、うれしくてたまらないからだ。ぼくは想像力をその時代へ滑りこませる。写真を撮られた経験は、ほとんどだれにもなかったはずだ。カメラはまだ珍しく、シマウマと同じで、だれもが見たことはあっても、さわったことはない。写真と言えば、雑誌に載ったものや結婚記念のもの、流行の衣類を紹介したものや戦争を報じたものを目にしたことがあるだけだ。

二十二人のうち四人が、この写真撮影をずいぶん深刻に受け止めているらしい。ルイーゼとグレタのシュリーブマン姉妹は、怪しいほど黒い髪のせいでだれも近寄りたがらない。去年の歴史の授業で、ぼくたちはヨーロッパ、特にドイツでの反ユダヤ主義について教わった。ユダヤ人が収容所から解放される映像もいくつか観た。このふたりは緊張と決意を顔ににじませ、眉を少しひそめて、歯を食いしばっている。二列に並んだうちの後列に立っているので、腰から下は見ることができない。たぶん手をつないでいるんだろう。

三人目はエリカ。高くとがった鼻の持ち主だ。こちらから見て右の端に立っているから、全身が写っている。笑っていないのは、校長が一枚求めてきたときに備えているからで、きっと校長はそうするはずだ。一九二一年からずっと、こうした集合写真がたくさんガラスケースに入れられて学校のロビーに飾ってある。それらをはじめて目にしたとき、エリカはおごそかな気持ちになり、同じ感動を未来の生徒たちにも味わわせたいと思っている。

四人目は深刻というより、悲しげな顔をしている。これがジルケで、おばあちゃんの幼なじみだ。写真の裏には、若々しく流れるような字で記された名前の横に、矢の刺さったハートの絵が描いてある。


八か月前のどんよりとした秋の朝、教会から帰ったころに父さんの両親が訪ねてくる。ぼくは日曜学校の先生から渡された箱いっぱいの寄付用封筒に署名をしながら、日曜の朝が来るたびに教会で聖書の物語を聞かされて、取り澄ました同級生たちのなかで過ごすしかないことに苛立っている。父さんと母さんに、教会の地下で繰りひろげられる聖戦のことを話すけど、ふたりとも信じてくれない。地下は動かせる仕切り板でいくつかの部屋に分けられ、布と厚紙で作られたマリアさまやイエスさまが妖精のようにまばゆく微笑むなか、みんなが先生の前でせっせと点数稼ぎをして、自分の評判がロア牧師へ伝わるのを狙っている。だれを侍者に選ぶかはロア牧師が決めるからだ。侍者に選ばれるのはルター派信徒の模範生の証だ。ぼくは選ばれたことがないし、選ばれたいとも思わない。

母さんが紅茶をいれる。父さんはアコーディオンを胸にかかえている。父さんは週にふた晩、タンゴの楽団で演奏する。気が向いたときは、ドイツのワルツにひと味加えたものを楽団のみんなに試させる。

「この曲を知ってるか、ピーター」父さんはぼくを見て微笑む。「〈ムシデン〉[*2]だよ。だれかが旅立つときに歌うんだ。別れの歌だな。あのエルヴィスも陸軍にはいるときに歌った」アコーディオンの音を沈ませて、出だしの一節を歌う。

さらば　行くよ
きみを残して

父さんはトランペットも持っているけど、いまそれはサンルームで、花の形をした真鍮色の台にまっすぐ立てられたまま、この曇った日曜の朝の薄明かりに包まれて光っている。

ルビーが人形を置いて窓の外を見やり、私道に乗りこんでくるダッジ・ダートに気づく。「オーマとオーパだ」知っているただふたつのドイツ語を叫ぶが、本人はそれがドイツ語だとは知らない。

父さんは別れの歌の最後の部分を指の動きでなぞりながら、正面の大きな窓へ歩み寄り、自分の両

＊2—〈別れの歌〉とも呼ばれる。ドイツ南部に伝わる民謡。エルヴィス・プレスリーが歌った英語版の曲名はWooden Heartで、日本では〈さらばふるさと〉と呼ばれる。

親が歩いてくるのを見守る。父さんの頭には灰色のフェルト帽が載っていて、その横からくすんだ緑のダチョウの羽根が突き出している。ぼくが物心ついたころからある帽子で、父さんはときどき家でふざけてかぶる。かぶると山男になった気分で、ヨーデルも歌えそうだと言うけど、実際に歌ったことはない。父さんは玄関へ行ってドアをあけ、大声のドイツ語で話しかける。「ちょうどいい、ポピーシード・ケーキの時間だよ」ルビーはもうドアの外へ出て階段をおり、おじいちゃんの脚にしがみついている。

　ぼくも出迎えにいくけど、日曜はたいがい不機嫌だから、ルビーや父さんほど浮かれてはいない。でも、ふたりが来てくれたのはうれしい。おじいちゃんがわざとかしこまってぼくにお辞儀をし、ぼくも同じように返す。それから階段をおりて、おばあちゃんの頬にキスをする。おばあちゃんはドイツ語で、予想どおりのことを言う。訪ねてくるとき、口にすることばはいつも同じだ。マイン・クライナー・オリンピシャー・シュピーラー――わたしの小さなオリンピック選手。そして英語でのやりとりがはじまる。

　ぼくたちは緑の外階段をのぼって家にもどり、冷たい空気を締め出す。ふたりはきょう、リンゴを山ほど持ってきてくれた。十年前にこの国に移り住んでから、ずっとキングストン[*3]で暮らしていて、そのあたりではおいしいマッキントッシュ種を収穫できるらしい。うちに来るときは、かならず何かお裾分けを持ってくる。大きなカボチャとか、山盛りの桃やプラムとか。リンゴは友達の果樹園から自分たちで穫ってきたという。重力の恐ろしさを忘れて、きびきびと要領よく梯子をのぼるふたりの姿が目に浮かぶ。どちらも健康で元気いっぱいだ。よくハイキングに出かけ、年に二回は広々とした庭を耕す。畑仕事をしていないとき、おばあちゃんは収穫したもので保存食を作る。ぼくの家の地下室には、赤いペンでラベル書きされたイチゴやルバーブの瓶入りジャムが並び、その横では、いくつもの桶にはいったザワークラウト[*4]がゆっくりと発酵しながらげっぷの音を立てている。おじいちゃんは、植えつけや収穫をしないときには、知り合いの靴を修理する。家の奥に作業場があり、本業だったころには一日に十二時間を過ごしていた。「靴職人」というのは、ぼくにとって魔法のように響くことばだ。

　きょうのふたりは、ふだんより生き生きして見える。何か話があるらしい。来る前にはたいがい電話をかけてくるのに、それもなかった。日曜日の教会のあと、ぼくたちがそのままドライブへ出かけることもあるのを知っているのに。たぶん、急に思い立って訪ねることにしたんだろう。そんなことを考えながら、みんなで台所のテーブルに着き、ぼくは母さんがお得意の手作りケーキにナイフを入れるのをながめる。日曜日になると、わが家の食事はヨーロッパ式になる。遅めの昼食、

＊3—カナダのオンタリオ州南東部の都市。
＊4—キャベツの塩漬け。

何皿もの料理、たっぷりのデザート。おじいちゃんたちはここまでの道々の様子や、キングストンの天気のことを話す。キングストンは、ぼくが生まれるまでの短いあいだ、父さんと母さんが住んでいた町だ。そのころの両親を知る昔の知り合いが、よろしく伝えてくれと言っていたという。

「イレーネが、すぐにでも来てもらいたいって」おばあちゃんの声にはシュレジエン[*5]の訛りが混じっている。「会いたくてたまらないらしいの」イレーネ、つまりアイリーンの写真をぼくは何枚か見たことがある。背が高く、母さんと同じ赤毛だけど、見かけがどことなくアメリカ風だ。緑色のぴったりしたセーターを着て、偽物の大きな真珠を首と両手首にいくつもつけていたのを覚えている。母さんとアイリーンはかつて、〈パーム・ダイナー〉でいっしょにウェイトレスとして働いていた。母さんがこの国に来たばかりのころだ。いま使っている英語は全部アイリーンから教わった、と母さんはよく言う。

おじいちゃんとおばあちゃんが訪ねてくると、父さんは思いにふけることがある――変な感じだ、とぼくは思う。というのも、いつもの父さんはそうじゃないからだ。忘れていたとても多くのしきたりや記憶があって、それをふたりが持ってくるらしい。自家製の瓶詰めジャムや、プレゼントの靴といっしょに。

「角の店を壊しはじめたのよ」おばあちゃんは言う。その店には上蓋が開くタイプの古い冷凍庫があり、四歳のころ、ぼくは週末にそこへ行くのを楽しみにしていた。夏の暑い午後、おばあちゃんとぼくは店にはいるとその冷凍庫の奥まで腕を伸ばし、目に見えぬ泥のように底にたまった冷気のなかで手を休めた。とはいえ、ふだんのおばあちゃんがぼくと妹の小さいころの思い出を懐かしげに語ることはない。ぼくの両親もだいたいそうだけど、口にするのは現実に役に立つ内容のことがほとんどで、過去を長々と語ることはない。過去は過去、というのが口癖だ。バイエルン人の母さん以外はみんなシュレジエンの出身で、その地域を「ポーランド領ドイツ」と呼んだりする。半分ドイツ、半分ポーランドのどっちつかずの地域だが、住民はまじめで仕事熱心なことで知られる。歴史にゆがめられた世界の一部。そうした過去を父さんと祖父母がどんなふうに受け止めているか、ぼくにははっきりわかる。

ところが、きょう、祖父母はぼくたちみんなを驚かせる。昼食で、巨大なピクルスの牛肉巻きを食べ終えたときのことだ。母さんはもう皿を洗いはじめている。あとで片づけなくてもいいように、さっさとすませるのが母さんの習慣だ。おじいちゃんは料理から抜いた楊枝の山から一本をとって、のんびりと歯をつつく。ぼくも同じことをしている。おじいちゃんが舌で歯のあいだを吸うたびに、小さな音が響く。おばあちゃんは昼食のあいだじゅう秘密を明かさず、特別なデザートとしてとっ

＊5——古くからドイツ系住民とポーランド系住民が混在していた地域。一九四五年にナチス・ドイツが敗北したあとはポーランド領となり、ドイツ系住民の多くがこの地域を離れた。

ておく。

「ルドルフとわたし、もう一度結婚することにしたの」ついにそれを言い放つ。聞いていた父さんは考えにふける。ちょっとかしいだ眉毛が、信じられないと言いたげだ。もう結婚してるじゃないか。

それでも父さんは「まあ、それもいいかもな」と言い、自分の両親のあいだに見える花柄の壁紙へ目を向ける。「すぐに準備をはじめるといい」

「もうはじめたのよ」おばあちゃんは言う。すっかり声がはずんでいる。「あなたのお父さんが用意周到なのは知ってるでしょ」

舌の音が響き、おじいちゃんが歯を見せて笑う。

来年の夏、三十五年目の記念日に、その昔結婚したのと同じように、水の上でもう一度結婚式をあげたい。ただし、今回はドイツ南部のどこかではなくて、スタージョン湖でレジャーボートを借りるという。父さんの反応はそっけない。どうせアメリカンクラッカーやストリーキングと同じで、すぐに熱が冷めると踏んでいるからだ。自分の親にそれなりの分別があることを父さんは知っている。ふたりとも強い人間だから、花束を贈り合ったり手を取り合ったりして感傷に浸るのは似合わない。なんと言っても、オリンピック選手だったふたりだ。どちらも、ジェシー・オーエンスが金メダルをとるのを見守り、ヒトラーが椅子から立ちあがって、オーエンスと握手することもなく競技場を去るのも目のあたりにした。二度目の結婚式なんて、時をさかのぼって、はるか昔に立ち去った場所へ舞いもどるようなもので、出会うのは幽霊か、あるいは何もいないかもしれない。父さんはおそらく、ふたりには気がまぎれるような、心を奮い立たせられるような間近の目標があったほうがいいと考えているんだろう。日々の暮らしをつづけるために。だからこそ、いつも畑仕事やハイキングで忙しそうにしている。ふたりには、こなすべきあれこれが必要だ。なんと言っても、年寄りだから。植えたそばからカラスやリスに掘り起こされるのに、種を植えつづけるのと同じだ。大事なのは植えることそのもので、種が三十五年前のものでもかまわない。

ぼくたちは車でボブケイジョンへ向かう。そこはオンタリオ州を代表するウォールアイ釣りのポイントだ。その町に面したスタージョン湖で、おじいちゃんとおばあちゃんは〈スウィート・ドリームズ〉に乗って、二度目の結婚式をあげる。父さんによると〈スウィート・ドリームズ〉は二十人乗りだけど、実際に乗るのは十四人だけだ。オンタリオの中心部を車で進みながら、ぼくは八か月前の父さんの表情を思い浮かべる。ルラーデン[*6]の昼食のあとで、はじめて計画を聞かされたときの顔は、自分の両親がどこかおかしくなったんじゃないかとでも言いたげだった。高速三五号

＊6—牛肉を煮こんだドイツの代表的家庭料理。

線を北へ向かういま、ラジオの音は奇妙なほど静かで、父さんの隣の助手席にいる母さんは、服を自分で一から作る母さんのような人向けの雑誌《パターンとデザイン》を流し読みしている。母さんはふだん、「わたしの部屋」とみずから名づけた部屋に閉じこもって、ありえないようなスーツやドレスをよく作る。ぼくが自信を持って言えるのは、母さんの好きな色が黄色と緑ということだけだ。母さんは下襟、飾り帯、色、プリーツなどのアイディアを求めて、いろんな図案に目を走らせているけど、落ち着きがなく、ちょっと苛立っている。さっきもルビーとぼくにきつくあたった。ぼくたちはいつもの名前あてゲームをせずに、じっとすわったまま、気まずさが消えていくのを待つ。

父さんが何を考えているのか、ぼくにはわかる。自分の親のこれまで見たこともない面、秘密の抽斗にしまった宝石箱さながら、息子にはけっして見せなかった面に、思いをめぐらしている。時をさかのぼり、息子が生まれる前へすらもどりたいと親が願っていることに。ふだんの父さんはにぎやかだ。冷静で動じないのは母さんのほうだ。たぶん母さんも何が問題なのかに気づいているけど、口にはしない。ページをめくりながら、緑と黄色の肩の部分を整えている。

トロントのはずれに並ぶ低家賃オフィスビルや工場が少しずつ消えていく。灰色のコンクリートとゆらめき光るアスファルトに代わって、巨大な長方形の農地がいくつも現れる。広々とした空間が、一直線に並ぶ遠くの木々でさえぎられる。道路のかたわらにベニヤ板でできた粗末な小屋があり、その前におばあさんがすわって野菜を売っている。さらに十分走ると、砂利敷きの路肩にピックアップトラックが停まっていて、タイヤの前に手書きの看板が立てかけてある。〃フレッシェ（freshe）な野菜〃。綴りを少し変えたのは、街と別荘を行き来する人たちの目を引こうというだれかの思いつきだろう。

工場はずいぶん前になくなっているけど、物が作られている気配はある。いまは土地が有効利用されている。遠くでは、家のように巨大な何台ものコンバインが、音もなく穀物を刈りとって吐き出している。どれかのなかには輝く制御パネルがあって、野球帽を軽くかぶった科学者がすわっていそうだ。でも、さらに北へ進むと、地平線に並ぶ木々の壁が小さく薄くなり、ついには低木の茂みと石の山がそれに置き換わる。花崗岩の大きな塊が徐々に増え、牧草地の真ん中にも道路の脇にも転がっている。カナダ楯状地が地面を突き破り、花崗岩の塊や砕けたかけらが顔をのぞかせる。湖がいくつか現れる。どれも小さくひっそりとして、島が点在している。

ぼくたちは家を早めに出た。まだ昼前だ。父さんは、二時までには桟橋に着いて〈スウィート・ドリームズ〉に乗れるはずだと言う。みんなもう、結婚式の服を着ている。ゆうべ母さんは、当日ぎりぎりになって問題が起こらないようにと、ルビーとぼくに全部を試着させた。母さんの発案による、本番前の衣装確認。何もかも完璧だったのは、何もかもお手製だったからだ。この日のために特別にデザインし、布を裁ち、縫いあげた。ぼくははじめて本物のスーツを着ている。淡いグレーで、ネクタイもしっかり締めている。運がいいことに、薄手の綿の夏用スーツで、ズボンは膝までだ。きょうは暑いし、蒸している。窓をあけて風を招き入れても、涼しくならない。濡れたトイレットペーパーに包まれている気分だ。向こうに着いたら黒い靴下を膝まであげなさい、と母さんに言われていた。それまでは、靴下をおろして足首でまるめてもいい。

ルビーが着ているのは、腰に白い飾り帯を巻きつけた、新しいピンクの膝丈ワンピースだ。裾を太腿の上までたくしあげて、両脚に風がよくあたるようにしている。足の横に置かれた靴は、ぴかぴかで白くて硬そうだ。ルビーは何も言わないけど、ぼくのところから見ると、新しい靴があたって皮がむけたらしく、両足の白いアキレス腱のあたりに赤茶の点がある。ルビーは母さんを煩わせたくない。ぼくたちはこの張りつめた空気を知っている。いまはただすわっているほうがいい。

父さんと母さんは、結婚式に出席する大人たちと同じ服装だ。重々しく立派そうで、これから外国の大統領と、いや、もしかしたら、帰国したオリンピックの金メダリストと会うように見える。ルビーとぼくは両親のこういう姿に慣れていない。父さんがネクタイを締めることはないし、本人もそれをありがたがっている。いちばん落ち着くのは、鉛筆を耳の後ろにはさんで、作業用エプロンをしているときだという。地下でヨットを作るときはそんな恰好だ。作業に取りかかったのは去年の秋で、小型のふたり乗りヨットを来年までに仕上げようとしている。予想より時間がかかっているのは、週末しか作業ができないからだ。この半年、家じゅうでファイバーグラスのにおいがする。ぼくは気にならないけど、母さんはいやがっている。父さんがボートやヨットを造るのは子供がプラモデルの飛行機を組み立てるのと同じこと、と母さんは言う。永遠に子供のままでいる父さんに感心したような口調のときもあるし、そうとは思えないときもある。父さんの作業が進まないのは、ほかの理由もあるかもしれない——週末なのに、ヨットにもファイバーグラスにも型枠にも安全ゴーグルにも近寄れないことだ。服からは接着剤ではなく、漂白剤と洗剤のにおいがする。

ボブケイジョンに着き、その小さな町をゆっくりと、時速十五マイルの制限を守って進む。歩道にいる人たちは、半袖に膝丈のジーンズかショートパンツといういでたちだ。若い人は素足にスニーカーを履き、ほとんどが頭のてっぺんから足の先まで日焼けしている。だれが町の住民かはすぐ見分けられる。色白で身なりの整った観光客のなかに、少しだけ交じっている。住民たちは野球帽をかぶり、靴ひもがほどけたりついていなかったりで、南から来たぼくたちの夏の装いに軽蔑を隠さない。〈ブリュワーズ・リテール〉で買った二十四本入りのビール箱を車へ運んでいる人たちもいる。ビールが飲みたくなる天気だ。トランクをあけっぱなしにして店へ行くのは、ビール箱で両手がふさがったまま鍵と格闘したくないからだ。ぼくたちは駐車場の横をゆっくりと通りながら、開いた口をつぎつぎと診る歯医者のように、全開のトランクを観察していく。何台かはミシガン州やニューヨーク州のナンバープレートだ。こういう車に乗っているのは、細長い顔とたるんだ大きな体の持ち主で、子供たちはストライプのシャツと、ポケットにファスナーのついたカーキの半ズボンを身につけているんだろう。

父さんは行き先を知っている。前にも来たことがある場所だ。車は水門の上を渡っていく。ここでの釣りは禁止と警告する赤と白の警告看板が両側に見える。それから左へ曲がり、流木の柵で囲まれたなかを進むと、貸しハウスボート店の駐車場に着く。緑のマツ林と、桟橋の突端を包む黒いなめらかな水にはさまれたこのマリーナが、ぼくたちの集合場所だ。速度を落とすタイヤの重みで、駐車場が荒い音を立てる。

もうみんな集まっていて、カリフォルニアのおばさんもいる。式が終わったら、おばさんはうちに来て泊まる予定だ。二日前にキングストンに着き、おじいちゃんとおばあちゃんの家にいた。ふだん着に近い地味なワンピース姿だ。長旅のあとだから、ぼくの両親が無理して着ている結婚式用の窮屈な恰好をしなくてかまわない、とでも言いたげだ。両足首に子供のころから装着している補強具がある。おばさんはぼくたちが駐車場に来たのに気づくと、足を引きずりながらやってきて、母さんの側のあいている窓から顔を突っこみ、母さんに派手なキスをする。マリアンおばさんは画家だ。ぼくたちの家では、おばさんの風景画が何枚か壁に飾ってある。どれも砂漠の絵で、紫色の巨大なサボテンとそびえ立つ青い山々が描かれている。マリアンのことを話す父さんは、声はやさしいけど顔はさびしそうで、おばさんの何かをどうにも理解できないような感じだ。

ルビーはワンピースを整え、ぼくは靴下をあげる。ぼくはルビーが靴を履きなおすのを手伝う。

胸のポケットからティッシュを取り出し、手早く折りたたんで、間に合わせの当て物をルビーの足の傷にかぶせる。招待客のほとんどは、見たことも名前を聞いたこともない人たちだ。みんな体が大きく、緊張気味に歯を見せて、いかにも祝いの席らしい笑みを浮かべている。マリアンおばさんは、ぼくの背がずいぶん伸びたと驚く。その反応に、ぼくは自分がなんだか目立っていること、思春期にあることを実感する。子供と大人のあいだのどっちつかずの立場にあることに、ぼくはぞっとする。小さいころをあまり思い出せないのに、大人の自分も想像できない。目をつぶると、年老いて歯の抜けた両親が揺り椅子にすわっているのが見える。宇宙にはいくつも植民地ができている。地球が昆虫たちに乗っとられる日だって想像できる。でも、そのどこにも自分の姿を思い描けない。

いまここに集まっているなかには、こちらがキングストンを訪ねたときに会った人たちもいるはずだ。覚えている顔はひとつもない。ぼくはとまどいを隠すために太陽を見て目を細め、顔に浮かぶ疑問符を掻き消す。〈パーム・ダイナー〉で母さんに英語を教えたあの女の人が、長年消息不明だった息子のようにぼくを抱きしめる。いくつもの大粒の真珠がぼくの骨張った胸に食いこむ。相手が少し前かがみになったのは背が高いからで、そうしないと、抱きしめるときお互いに気まずいからだ。この子、顔の色つやが天使みたい、とその人は母さんに言う。それから母さんは、ルビーとぼくをホーキング牧師のところへ連れていく。牧師は集う人たちの真ん中で二本の指を寄せて立てて祝福を示しながら、愛想よく頭を上へ下へ動かしている。名前は前に聞いたことがある。両親が十五年前にここへ移ってきて以来の付き合いらしい。父さんより若く見えるけど、あまり変わらないだろう。みんなで代わるがわる抱擁とキスを交わす。ぼくは牧師の奥さんの豊かな黒髪にところどころ交じる白いすじを見つめ、奥さんは自分の真珠を指でなぞる。それはたしかに真珠で、連なる乳白色の種を思わせるけど、〈パーム・ダイナー〉のウェイトレス、アイリーンの首に巻かれているものほど立派ではない。

ほかに、おばあちゃんと同じくらいの歳の女の人が三人いる。いっしょに来たらしい。見るからに三人でひと組だ。姉妹かもしれない。みんなの集まる端に立つ三人は、同じデザイナーが作ったような服を着ている。穏やかな顔は高齢のせいで赤みと輝きを帯び、重そうな上体はかぼそい脚に支えられている。真ん中の人がかつらをつけているのは明らかで、それはまぶしい日差しを受けて、新品の釣り糸のように青みがかって見える。ほかにもたくさんの人がいる。ルビーとぼくは全員に紹介される。聞いたそばから名前を忘れていく。

作業員たちが、ぼくたちのハウスボートを出港させる準備をはじめている。おじいちゃんが少し自慢げに、スタージョン湖でいちばん大きいハウスボートだと言っていたものだ。去年の冬から予約していたらしい。ぼくたちは行儀よく、板張りの広々とした桟橋で待つ。まわりには等間隔で白い支柱が立っていて、そこにオレンジ色の救命浮き輪がぶらさがっている。貸しボート事務所はぼくたちの背後、駐車場の横にあり、そこで領収書や一日保険の書類に署名する。ほかにもハウスボートが三つあって、太いロープでつながれている。それ以外はもう湖の上だ。〈スウィート・ドリームズ〉はほぼ真っ白だ。ボートの中央には家の形をした小さなキャビンがあり、その後ろ側から船尾まで黄色と白のストライプの天幕が張られている。盛装のぼくたちが日差しに耐えられなくなったら、ちょっとした日陰を提供してくれる。前方には積み重ねられる形の椅子がきちんと並べられ、通路が甲板の真ん中を通って、船首の先に設けられた白い祭壇まで延びている。白い磁器の花瓶いっぱいの花々に惹きつけられたミツバチたちが大きな羽音を立てながら、めまいを起こさせそうな円を描きつづけている。まだ姿を見せない祖父母以外の全員が乗船する。ふたりは湖の真ん中で合流することになっている。乗ってくるのは、美しく磨きあげられたマホガニー製の葉巻型ボート（とパンフレットに載っていた）で、船首に小さなオンタリオ州旗が掲げられているらしい。

湖では、ハウスボートをつないだ場所から遠くないところで何人もが釣りをしている。釣りにくわしい人ならだれもが知っているとおり、ウォールアイを釣るのは夕方が適しているし、満月の夜ならもっといい。釣り糸を飛ばす人たちをながめて、ぼくはふと思う。おじいちゃんとおばあちゃんは、自分たちの二度目の結婚式がウォールアイ大会の真っただなかに、国内外からやってきた凄腕の釣り師たちに囲まれておこなわれることを前もって知っていたんだろうか。父さんとぼくは知っていた。二年前、ちょうど大会がはじまったころに、ここにいたからだ。

湖の真ん中で、ぼくたちはさまざまな大きさのボートに囲まれる。ディンギーボート、船外機つきのアルミボート、カヌー、クルーザー。まだみんな、ふたりの到着を待っている。ここからは岸の線がはっきり見え、小屋だか桟橋だかで一瞬途切れるほかは、マツの木の壁が整然とつづいている。ぼくたちはぶらぶらと歩きながら、式のはじまりを待つ。準備は万端だ。あとはすわるだけでいい。牧師も用意ができている。式が終わったら、そのままボートでパーティーがある。料理と飲み物は、船尾側に張られた天幕の下に並べてある。四角く区切られた一画もあり、たぶんダンスフロアだ。だれが踊るんだろうか。

別のボートで登場するなんて、どこでそんな計画を思いついたのか。ぼくが生まれるずっと前に、ドイツのどこかで最初の結婚式をあげたときと同じだ。地上でおこなう儀式のすべてを、無理やり水上へ移すわけだ。リムジンに乗って水上の教会へ。ただし、水で動きが遅くなり、物が軽くなって、夢のように感じられる。だから、ぼくたちの水上教会は〈スウィート・ドリームズ〉と名づけられたんだろう。

だれかが振り向き、みんないっせいに湖の対岸にある桟橋へ目をやる。おじいちゃんとおばあちゃんだ。貸しボート店の従業員が手伝って、先におばあちゃんをボートに乗せる。無事に両足で立ったおばあちゃんは、その青年に手で合図をする。青年が身を乗り出し、おばあちゃんはその頬にキスをする。そのとき、おばあちゃんのイヤリングのひとつが日差しをとらえて、熱いピンの先のように見える。それから、青年はおじいちゃんを支えてボートに乗せる。牧師の顔は相変わらずゆっくりと上下し、穏やかな笑みを浮かべている。数分後、そのボートがこちらのボートに横づけされ、ふたりが乗り移る。たくさんのキスと握手がかわされたあと、船首の先端に祖父母がそろう。緊張する新郎新婦。美しく磨きあげられたマホガニー製の葉巻型ボートは、オンタリオ州の旗とともに対岸の桟橋へもどった。そのボートの横にすわって煙草を吸っているのは、さっきおばあちゃんがキスをした青年で、いまは桟橋の水際で足をぶらつかせて、顔をこちらへ向けている。

父さんの案内で、全員がもう席についている。ぼくたちは礼儀正しく静かで、まるでお葬式のようだ。沈黙が垂れこめるなか、ぼくは四方八方から響く湖のいろいろな音に耳を澄ます。モーターボートの低いうなり、水しぶき、平たい水面の上を疲れたスズメのように通り過ぎるかすかな話し声。遠くでは高速艇がとどろきをあげている。牧師は改まって出席者に挨拶し、このすばらしい日について神に感謝する。ぼくはルビーの隣にすわっている。真剣な場なのはわかっているけど、ふたりとも笑い転げて湖へ飛びこみたい気分だ。

「親愛なるみなさん」牧師は呼びかける。「わたくしたちは、きょうここに集い、この男とこの女の神聖なる婚姻の誓いをふたたび確認いたします」牧師のうなずきがさらに大きくなる。グラスのふちでバランスをとるプラスチックの水飲み鳥みたいに、飽きもせずに単調に動いている。牧師は顔をあげて、ふたりの目をのぞきこむ。そのとき、ボートが揺れはじめる。ゆっくりと、一回、二回。遠くを走っていく高速艇の音がこだまする。それから大波が来る。突然、ボートがわずかに揺らぎ、立っている三人が足の位置をずらす。ぼくがまぶたの内側を見ていると、その隙におばあちゃんが船べりの向こうへ消える。ぼくの目玉が急に飛び跳ねて湾曲し、鮮烈な赤のなかに白い点々が散る。叫び声があがり、いくつもの体が船首へ駆けだして手すりから乗り出す。石でも落ちたかのように。下へ、下へと、おばあちゃんは遠ざかり、幾重にも重なる闇と影の奥へ、そしてついには思い出のなかへ消えていく。

その日、暗くなるまでおばあちゃんをさがしつづけ、何人かの男の人が繰り返し潜水する。水に滑りこんでは、肺が苦しくなると空気を懸命に求めて浮上する。若くてじゅうぶんに体力がある人たちだ。スーツの上着と礼装用の革靴が甲板に脱ぎ捨ててある。靴のなかには、もぐる前にはずした大切な腕時計や指輪がはいっている。子供や老人はだまって立ちつくし、信じられない思いでただ見守る。父さんがいちばん長くもぐっていることに気づき、ぼくは不謹慎だけど自慢に思う。水中の黒い森で父さんは何を見ているんだろうか。

沿岸警備隊が客たちをマリーナへ順次送り返しはじめると、母さんはルビーを腕にかかえて連れていく。ルビーは泣き疲れて力を失っているから、それに抗わない。おじいちゃんは折りたたみ椅子にすわって、これから電車に乗るみたいに待っている。ひとり残されたこんな姿を、ぼくはいままで見たことがない。おばあちゃんがキスをしたあの青年は、まだ桟橋にすわって、水に入れた足をぶらつかせている。何が起こったのかを知っているらしい。すぐに湖一帯に噂が広まるだろう。数時間のうちに、警察が湖底の捜索をはじめる。薄暗くなったころ、父さんが最後の潜水からもどって湖からあがる。息を切らし、青ざめた顔で歯を鳴らしている。ほとんどの客がもう岸に引きあげたあとだ。船尾では、夕方のハチがチキンサラダとメロンに群がっている。

両親は車で家へもどるのはやめて、今夜はボブケイジョンで泊まると決める。なんの準備もしていないから、四人で歯ブラシ一本すらない。マリアンおばさんは、もうおじいちゃんを乗せてキングストンへもどった。

ぼくたちはモーテルにチェックインする。空室の黄色い看板はブーメランの形で、中心が下を向いて天国を指している。このモーテルは隣町との境目にあり、木々のあいだを風が吹き抜けて、闇のなかをときどき走り抜ける車の音がコオロギとウシガエルの鳴き声を掻き消す。ただひとつ残っていた部屋には、ベッドが二台並んでいるだけだ。ぼくが横たわると、妹の小さくてあたたかい体がすぐ隣にあり、父さんと母さんまでも腕の長さほどしかない。ぼくはみんなのゆったりとした深い呼吸に耳を傾ける。慣れない硬いシーツのせいで寝つけない。母さんと同じ部屋や、妹と同じベッドで寝るのはずいぶん久しぶりだ。ここでも時をさかのぼっている。父さんの歯が鳴りはじめる。母さんが暗がりで手探りしながら父さんをさする音や、泣いている父さんの口を手のひらでそっとふさぐ音が聞こえる。

夢のなかで、たくさんのボートがあの事故の場所に音もなく集まっている。溺れた人間のにおいに誘われて大物の魚が現れると信じる者たちだ。おばあちゃんを助け出す機会を捨ててでも、トロフィーを手にしたいということだろう。ぼくはおばあちゃんが青年にキスをした桟橋へ行き、やましげに薄闇に浮かぶいくつもの釣り舟に目を凝らす。だれも錨をおろさない。潮の流れを読んで、ゆっくりと流されるおばあちゃんを追っている。ぼくにはわかる。運命は釣り舟に味方したらしく、大物を何匹も引きあげる音、重い魚が舟底を叩く音が聞こえる。

翌朝の七時、モーテルの管理人が、腫れぼったい赤ら顔をこすりながら部屋の前に現れる。汚れた窓から陽光が差しこんでいる。ぼくたちは、つぎに何をすればいいか、だれかが言ってくれるのを待っている。二台のベッドにはさまれた小さな茶色の台には、コーンフレークの小箱がいくつかと、紙パックのオレンジジュースが置いてある。急に予定が変わったこの朝の静物画だ。入口の男は父さんに、事務所に電話がかかっていると言う。ふたりはいっしょに出ていく。母さんとルビーが洗面所を使っているあいだに、ぼくは部屋を抜け出して、桟橋まで高速道路沿いに十五分歩く。湖の端まで来たところで、ゆうべだれかが東側の岸で葦にからまった老婦人を見つけたという噂を耳にする。髪はきれいに後ろで結われたままで、月明かりで宝石類が輝いていたという。

わが家の向かいにある街灯の柔らかい光が、正面の大きな窓から差しこんでいる。家は夜の眠りに落ちていく。見えない片隅でほこりをかぶった垂木から昼間の熱が失われるにつれ、建物がきしむのがわかる。ぼくは暖炉の木棚の前に立っている。この写真は何年も前、よく昼間に屋根裏で遊んでいたころに見たことがある。そのときより色あせたけど、おばあちゃんは同じ笑みを浮かべ、まるで地平線の向こうで自分を待ち受ける何か、将来の何かを見抜いているようだ。

ルイーゼとグレタの姉妹は、ぼくの記憶どおり、落ち着かない様子でカメラを見つめている。ふたりが反抗と怯えの半分ずつ混じった引きつった笑みを浮かべている理由が、いまはわかる。写真では見えないが、ふたりは何か恐ろしいことが起こると確信し、互いに相手の手をさがしている。そして、これがエリカ。高くとがった鼻を持つこのやせっぽちの少女は、要領がよく注意深い。最後がジルケ。おばあちゃんの若々しく流れるような筆跡で、名前と、その横にハートと矢の絵が記されている。ジルケもまったく変わっていないけど、この写真が撮られたときから、ずいぶん多くのことが変わった。このころ、世界は新しくて光が満ちあふれ、過去を振り返って懐かしむ必要はなかった。

II

モーレン通りでサッカーをしている三人の少年を、ひとりの男が撮影していた。近くの家の入口階段にすわって編み物をしていたジルケが、カメラを持った男に微笑みかけた。そのとき、茶色いシャツのナチス隊員がふたり、角を曲がってやってきた。ひとりがボールを拾いあげ、膝を突いて少年のひとりを指で呼びつける。ジルケは編み棒と毛糸を置き、自分の息子がボールを持った隊員に歩み寄るのを見守った。ひとりの老女が自宅の居間の物陰に隠れて一階の窓から外をながめ、ボールを持った隊員が少年の肩に右手を置いて何か言うのを見ていたが、声は聞きとれない。隊員が指をハサミの形にして、意地悪そうに空中で切る動作をすると、相棒が笑った。少年が両手で股間を押さえて顔をしかめるのを見て、隊員ふたりはさらに笑った。少年の目に涙が浮かぶ。ちょうどそのとき、マイフェルト競技場の方角から大歓声が響き渡る。代表チームがチェコスロバキアに対してゴールを決めたのだ。撮影していた男はカメラを肩にかつぎなおし、ユダヤ人居住区を出て競技場へもどった。

II

Olympia

オリンピア

一九七二年八月、ぼくの十四歳の誕生日が迫り、おばあちゃんが溺れてもうすぐ一年というころ、ドイツからギュンターおじさんがやってきて、ぼくの家のプールの底に亀裂を見つけた。戦争の話はいつも家族の一部だったから、母さんの弟のことも知っているつもりでいた。そのころまわりにいた大人たちは、父さんも含めて、みんな戦争を生き抜いていて、それぞれに自分の身の上を話したそうに見えた。両親の友人たちがそうだったし、レイクショア・ドライブとチャールズ・ストリートの角にあるモントリオール銀行にいたフランクフルト出身の窓口係に至っては、折りたたんだ五ドル札や二十ドル札の向こうから父さんに小声で話しかけてきた。両親の当時の知り合いはだれもが、両親と同じく、戦後にあの暗い土地からこの国へ逃れてきたらしかった。けれども、ぼくがまだ聞かされたことがない話があること、わが家に秘密があったことには、その夏まで気づかなかった。

母さんが戦時中に、爆弾が降り注ぐドイツ北部からずっと抜け出せなかったことは知っていた。塩で歯を磨いたこと、舌の裏がいつも乾いていたこと、ザワークラウトのほかに食べるものがなかったことを聞かされた。空から死体が降ってきて、それが家の前庭に五月から六月にかけて放置されたままで、近所のおばあさんが毎週バケツで塩を運んできて死体に振りかけ、市が回収にくるまで悪臭を防いだという話も教わった。

母さん、ギュンター、そのふたりの母親。そのころ、父親はオデッサ[*1]に近い岩塩坑で死にかけていた。脱水作用のある鉱物に皮膚や眼球から体液を吸いとられ、肺も胃も歯茎にまで迫るほどだった。母さんたち三人は、地下室で六か月過ごした。そして戦争がようやく終わると、列車に乗せられて、一面の焼け野原を通ってリガ湾[*2]の沿岸まで連れていかれ、吹きすさぶ二月の寒風のなかへ病気の牛のようにほうり出された。それから家へもどるための列車に跳び乗ろうとして、母さんは走りながら恐怖でこわばった弟の手を握り、もう一方の手では自分の母親の手を握っていた。去っていく貨車の乱れた荷台から差し出されるはずの手をつかもうと、三人で手を伸ばしたが失敗し、列車を、そしてその手を何度も何度もつかみそこねた三人は、歩いて、待って、また走った。四か月後に家にたどり着いたときには、塩と渇きの記憶以外に何もなかったという。そんな物語は、幼いぼくにとって、テレビの出来事や見知らぬ国の地図ほどの意味しかなかった。

その夏、ギュンターおじさんが来たころには、ぼくはそういった物語の意味するものにひとつの用途を見つけていた。そのころにはもう、自分を守るために使っていたのだ。列車での話は、〝家

＊1――ウクライナ南部の都市。オデーサとも呼ばれる。第二次世界大戦中はナチス・ドイツの占領下に置かれ、多くのユダヤ人が虐殺された。
＊2――エストニアとラトヴィアのあいだにある湾。この地域は第二次世界大戦中にドイツに占領されたが、戦争末期からソヴィエト連邦に再占領された。

畜運搬車〟ということばが示す別のものから自分を守るために必要だった。けれども、干あがったプールの底にいたギュンターを見て、塩の意味合いに気づかされた。母さんの舌の裏が乾いていたのはどういうことなのか、ギュンターの目の奥で塩が何をしていたのかについて、ぼくはそれまで理解していなかった。知っていたのは、スウェーデンの垂れさがった唇の近くまで三人を乗せていった列車のことだけだ。学校では、一度に何千人ものユダヤ人が家畜運搬車に詰めこまれて収容所へ送られる映画を観た。母さんが弟といっしょに貨車のひとつに乗せられている光景は、ぼくの頭のなかで、暗い教室の後ろでまわるリールから映し出された強制連行と組織的虐殺の物語と融け合っていた。歴史の授業のあと夢に母さんが出てきて、ときには請うように、もう許そうと言った。「ピーター」母さんが言う。「ねえ、みんな苦労したのよ。だれもが同じようにね」けれども、夢のなかでも現実でも、そんなことばは信じられなかった。映画のなかでは、男も女も子供も亡霊同然で、ただ死を待っていた。ぼくは母さんの話を、先生たちや聞いてくれる人みんなに教えた。自分たちも代償を払ったと示すためだった。戦争が同じように苦難をもたらしたのだと。

　プールでは水がなくなりかけていた。その夏、干魃の宣言がすでに出されていた。八月のはじめ、おじさんとモニカがオークヴィル[*3]のぼくたちの家に数週間泊まりにきたとき、どこに問題があるのかわかった。目にはほとんど見えない、髪の毛ほどの細い亀裂が、側壁と底に透明な血管のようにひろがっていた。

ギュンターおじさんと奥さんのモニカは、ミュンヘンのそばのフュルステンフェルトブルックという小さな町からやってきた。来る前に届いた手紙には、ぼくたちの家に六週間滞在し、週末はこの地方のあちこちを旅行してニューヨークへも足を伸ばすつもりだと書いてあった。オリンピックでミュンヘンの街の人口が四倍にふくれあがる前に逃げ出したいとのことだった。ところが、ギュンターおじさんはプールの様子を見たとたん、底へ這いおりて目に見えない亀裂を修理することを望み、作業は三日か四日で終わるとぼくの両親に請け合った。そうやってひと夏のあいだぼくたちを拘束し、渇きを長引かせることになった。

ギュンターとモニカは、ぼくの両親とは、ルビーとぼくがそばにいるときでも――たいていそうだったが――ドイツ語で話し、モニカはぼくたちとイギリス風の英語で話した。『おしゃれ㊙探偵』のダイアナ・リグみたいだった。戦時中はイギリスにいたとモニカは言った。ギュンターの英語は両親ほどうまくなかった。ぼくはずっと、両親が訛っていると感じとれなかったけど、学校の授業公開日や近所の人たちの様子で、両親が移民であること、戦争体験者であることはすぐにわかるものだと知っていた。

＊3――カナダのオンタリオ州南東部の都市。

ギュンターのなかに見えたものすべて、その夏ギュンターがしたことすべて、ギュンターが——ドイツ語であれ、へたな英語であれ——口にしたことのすべてが戦争のせいだとぼくは思った。戦争がギュンターにもたらした変化は、母さんとはちがう、母さんにはけっして起こりえないものだ。長身のギュンターは父さんよりも背が高く、心臓と肺から生気が絞り出されたようにくぼんだ胸をしている。学校ではギュンターのような子を〝魚の目〟と呼ぶ。こちらを見るというより目を凝らす感じで、突き出たまるい鏡のような眼球を神経質そうにしばたたく。建設作業の仕事をしていて、まめだらけの大きな手を、姿の定まらない砂漠の砂のように、体の脇でずっと動かしていた。

空港でふたりを乗せて家にもどったぼくたちは、家のなかを案内して歩き、通りを見渡せる客用寝室に案内した。オンタリオ湖もほんの少し見え、その夏ぼくたちを悩ませていた空気の乾燥のせいで、曲がりくねった湖面が低くなっている。ふたりを裏庭に連れていくと、母さんは自分の菜園を見せた。外国のことばが響くなか、ルビーとぼくは腕で小突き合いながら、ある程度の距離を空けてついていった。母さんは、桃の木の横で枯らさずに育ててきた茶色いルバーブの葉を脇に寄せ、オンタリオの土のにおいを弟に嗅がせた。ぼくはギュンターが土ぼこりのすじに鼻をひくつかせるのを見守った。魚の目がくるりとまわって、白目が見える。まるで自分を痛めつけようとしているみたいだ。ギュンターはもう一度、さらに深く吸いこんだ。これがほんとうに母さんの弟なんだろうか、とぼくは思った。ぼくのおじさんだって？　ながめていると、ギュンターの目はぐるぐるまわり、世界を見て、ぼくを見た。引きつった笑みが口と頰に貼りついている。母さんの指のあいだには、もう土が残っていない。ルビーがぼくの肩を一度叩き、家の向こうへ走っていった。

ぼくたちは芝生の上を歩き、干あがった大きな穴のようなプールをのぞきこんだ。わが家の修理屋と言えば父さんだ。春には家じゅうのひさしを一日で直してくれた。いまは顎に手をあてて考えている。「イッヒ・ハーベ・カイネ・ツァイト・フュア・ゾルヒェ・ブルーデン・ザッヒェン」父さんはそう言って乾いた穴を指さし、モニカを見た。そんなばかげたことをする暇はない、と言ったのだ。

ギュンターおじさんがプールの浅い側の青いコンクリートへ跳びおり、膝を突いて壁や底を手でなでた。そして目を閉じる。目の不自由な人が、落とした鍵をさがしているみたいだ。それから尻を滑らせて深いほうへ進み、同じことをした。やがてプールサイドにもどり、ドイツ語で話しはじめると、母さんと父さんが何度も何度も、やめろと言っているのが聞こえた。ナイン、ナイン、ナイン。けれども、ギュンターはかぶりを振ってにやりと笑い、乾いた手をこすり合わせた。横に立っていたモニカが眉をひそめたが、ぼくにはなぜだかわからなかった。

ギュンターはうちのプールを修理する気満々だ。父さんと母さんにはその考えが気に入らないらしい。妻を連れて飛行機に乗り、たったひとりの姉と、はじめて会う義兄と、ふたりの子供たちを訪ねてきたというのに、最初にやろうとしているのが、地面に大きく開いた干からびた穴の壁や底にセメントを塗りたくることだなんて。そんなことのために来たわけじゃないだろう、と両親は繰り返した。でも翌朝、ギュンターがプールの壁にゆっくりとやすりをかけ、塩素の膜や乾いた藻をそぎ落としているのを見て、ふたりは説得をあきらめた。

「わかった」その朝、しばらくして母さんは英語で言った。コーヒーカップを手にプールサイドから見おろしている。「一日か二日やってみて、それから休暇よ」ギュンターが母さんを見あげて微笑み、敬礼の真似をする。

「自分なりにカルチャーショックを乗り越えようとしてるのかもな」二日目の夜、ギュンターおじさんとモニカが寝室へあがったあと、家の前のポーチで父さんが言った。ぼくは二階の母さんの縫い物部屋で、顔を外へ突き出していた。「いまだけだ。すぐに気がすむだろう」

ミュンヘンで最も気になるのは、だれがいちばん多くメダルをとるかだった。オルガ・コルブト[*4]は雲の彼方へ消えるまでに何回連続して後方宙返りができるだろうか。ギュンターが裏庭で作業する音があけ放った居間の窓から響くなか、ルビーとぼくはそろいのトレーニングウェアを着てオリンピックを観ていた。ふたりとも体操のオリンピック選手になるつもりだった。ルビーは床に寝そべって両手で頬杖を突き、憧れの選手たちの信じがたい演技に見入っていた。ルビーは大きく開脚したまま何時間もすわっていることができる。ぼくは毎朝腕立て伏せを百回やり、コマーシャルのあいだは逆立ちする。カナダチームは十五か国中で十二位だった。ルーマニアやロシアや日本に生まれていたらどんなだろう、とぼくは想像した。いまとちがう自分になれたらいいのに。

この夏、わが家で最も大きな謎は、ギュンターがいつまでプールの底に居すわって、コーヒーを飲みながら、「忌々しい暑さだ《フェルフリクスト・ハイス》！」とひとりごとを言い、セメントまみれの袖で額をぬぐっているか、ということだった。毎日午後に父さんが仕事から帰ってくると、ギュンターは台所のカウンターにもたれてコーヒーを飲んでいて、テーブルには母さんが夕食のデザート用に焼いた桃やスグリやルバーブのパイが食べかけで置いてあった。隣の部屋ではルビーとぼくが、金メダルとこの夏最初の本格的な泳ぎを待ち焦がれていた。雨の兆候はあったけど、まったく降らない。七月のはじめ以来降っていない。町じゅうが燃えあがりそうな暑さだ。五時半になり、夕食前にさっぱりしようとバスルームへ向かう父さんは不機嫌そうだった。

ギュンターおじさんとモニカと過ごす最初の土曜日、外国語の壁を通して緊張感が伝わるのを感じた。蒸し暑い夕方だった。ぼくたちは裏庭の大きなマツの木の下に置かれたピクニックテーブルで食事をしていた。母さんとギュンターが話をしているとき、顔を手でなでられたように、はっきりと何かを感じた。けれども、それはうちのプールの外壁から漏れ出す水に似て、かすかでぼんや

＊4―ミュンヘン・オリンピックで人気を集めたソヴィエト連邦の女子体操選手。金メダル三個を獲得。

りしたものだった。たぶん母さんは、せっかくの心づかいを弟に突っぱねられて気を悪くしたんだろう。

「すばらしいよ」険悪な気配を感じとった父さんが言った。ぼくはハンバーガーにかぶりつく。

「うちで引き受けた仕事としては最大級なんだ」父さんは、バミューダ[*5]から注文を受けて設計している六十フィートの船の話をはじめた。それから、ギュンターのためにドイツ語に切り替えた。バミューダはこれまでにメダルをとったことがあるかな、とぼくは考えた。ぼくの向かいにはモニカがすわっている。ぼくはハンバーガーを置き、モニカの皿の横にあったワインのボトルをとって、モニカのグラスに注いだ。母さんから、いつも礼儀正しくするよう言われている。モニカは長い髪を耳にかけ、ぼくの腕にふれて、もうじゅうぶんだと言った。その感触が、蝶の翅に走る脈のように、ぼくのみぞおちへ走った。ギュンターがテーブルの反対側からこちらを見ている。ぼくは自分の顔が赤くなるのを感じた。父さんが話をやめた。スギ板の塀の向こうでは、隣の家の人たちがクロッケーをしている。だれかが勢いよくボールを打った。

「きょう、セーリングで銅メダルをとったよ」ぼくは咳払いをして言った。「ソリング級でね」モニカがぼくの顔をぼんやり見て、首を左右に振る。「三人乗りのキールボートのことだよ。そっちはフライング・ダッチマン級で銅メダルをとったね」ギュンターを見て「そっちは」と言うとき、また顔が赤くなった。モニカの顔はきれいだ。沈黙が流れる。モニカはぼくを見て、また髪を右の耳にかけた。母さんの年ごろの女の人は、肩より下へ髪を伸ばさない。ギュンターがワインを少し飲んだ。母さんはぼくを見て微笑む。

「いい勝負という感じだな」父さんが英語にもどって言った。「どちらも銅メダルなら」

このあと母さんとギュンターおじさんの仲がどうなっていくか、最初に察したのは父さんだったと思う。つぎの日の夕方、みんながだまると、父さんはすぐにルビーとぼくにミニオリンピックをやるように言った。まだ夕食のさなかだったのに。「いいよ」説得されるまでもなく、ルビーはうれしそうに言って、母さんに口をはさむ隙を与えず、乾いた芝生の上を跳ねていき、側転や後方宙返りを決めて空中をまわった。演技を終えると、ルビーは息をはずませながら微笑み、両手を空へ突きあげて小さな胸をそらした。父さんが椅子から立ちあがって言う。「青い服の審判が十点満点をつけました！」ルビーがテーブルにもどると、こんどはぼくが両手を突いて勢いよく逆立ちをした。世界がひっくり返って、芝生と空が急に入れ替わり。ぼくは手のひらと指でできるだけ長く地球を支える。逆さになったアトラスだ。[*6] その体勢から、ギュンターが無表情でぼくを見つめているのがわかった。

＊5―北大西洋にある諸島。イギリスの海外領土。
＊6―ギリシャ神話で、神々にそむいたために両肩で空を支えることになった巨人。

ルビーのほうが得点が高かったけど、それは年下だからだし、ミニオリンピックはみんなをひとつにするためのものだとわかっていた。母さんとギュンターおじさんのあいだで起こりそうな何かを食い止めるためだ。そして、しばらくはうまくいった。夕食のあと、モニカは芝生に置いてある折りたたみ椅子に腰かけて、ワイングラスを持った手を地面の近くまで垂らしたまま、両親といっしょに甲高い声で得点を叫びつづけた。八月の光が薄くなり、クロッケーのボールの音や遠くのプールの水しぶきの音が小さくなって、あたりがひんやりと静まっていく。ぼくがその日最後に大地を支えるのをやめて両足で立ち、体内の血流が均衡を取りもどしたとき、ギュンターはもう立ち去っていた。

ぼくたちはテーブルを片づけはじめ、ギュンターおじさん以外はみんな、自分の皿などを台所へ運んだ。ギュンターは両手をポケットに入れて、ひとりで家の前のポーチに立っている。それを見かけたのは、ぼくが最初の皿の山を運んだときだった。テーブルにもどると、父さんが芝生を横切って、水のないプールの端で立ち止まり、亀裂がはいった硬いコンクリートを見おろしていた。その顔からは、ぼくたちの演技を見ていたときの楽しそうな表情も、そこにあった喜びもすっかり消え、地面にあいた空っぽの穴に活力も誇りもすべて吸いとられたかのようだった。父さんがプールの端に立ち、呆然とかぶりを振っていた最初の晩、その悲しみに気づいたのはぼくだけらしかった。このときのぼくは、それがギュンターおじさんの作業が進まないことや、母さんとギュンターのあいだの張りつめた空気のせいだとは思っていなかった。おばあちゃんのことを考えていると思っていた。一年前に溺れたときのことをだ。どうにかして、プールの底に母親の姿を見いだそうとしているんだろう、と。あのふたりはドイツから、ワインを飲んで修理をしようという気持ちだけではなく、思い出したくない記憶やありがたくない物語まで持ちこんだわけだ。父さんは自分の母親を失ったときのことを考えている、とぼくは思っていた。

八月の末になると、世界じゅうがオルガ・コルブトに熱狂し、ギュンターおじさんは一日に八回のコーヒー休憩をとっていた。ギュンターはプールの底から離れたがらなかった。作業をしたり、ぼんやり立っていたりの繰り返しだ。母さんと父さんはやめさせたがっていた。モニカはクライスラーを借りて、毎日出かけるようになった。ギュンターを待つのにうんざりしたんだろう。行き先はエローラ渓谷やナイアガラの滝、バッファローやデトロイトなどだ。トロントへは週に二、三回行き、ロンドン、[*7]キングストン、ウルフ島へも出向いていた。モニカがいなくて、おもしろい競技がテレビで中継されていないとき、ルビーとぼくは裏庭に出てプールサイドから足を垂らし、プールの底にギュンターがぼんやり立っているのをながめた。芝生にいるときはスプリンクラーを浴びて遊び、ぼくたちがどんなに水を求めているか、水を必要としているかをギュンターに見せつけた。

＊7——オンタリオ州南東部の都市。トロントとデトロイトの中間に位置する。

プールは永遠に干あがったままになりそうな気がした。ぼくは一日じゅう家のなかを歩きまわり、グラスの水を飲んだ。ギュンターはプールの底にすっかり居すわり、金ごてと、父さんが仕事仲間からしぶしぶ借りてきたコンクリートミキサーと、水準器のまるい目を思わせる三つの気泡とに見守られながら、干あがった海底に置き去りにされたいくつかの遺物に囲まれて、ゆっくりと舞っていた。

ある日、スプリンクラーの下で遊んだあと、ぼくたちは水のはいったグラスを持ってプールサイドに腰をおろし、ギュンターがこちらへ語りかけるのに耳を傾けた。ふたりとも、ひとことも理解できなかった。午後のあいだずっと、ギュンターは物語のように聞こえるものをぼくたちに話しつづけた。さえぎることもためらわれ、ぼくたちはそこにすわったまま、ひたすら水を飲みながら、とりとめのない話を最後まで聞かざるをえなかった。話しながら怒りだしたかと思えば、いきなり静かになったり、大笑いして手のひらで自分の太腿を叩いたりする。ギュンターが工具のあいだを闘技場のライオンのように動きまわり、何かを拾いあげてはまじまじと見つめ、しゃべりながらそれを太陽にかざすのを、ぼくたちは地面に開いた大きな穴のふちに腰かけてずっとながめていた。乾いたコンクリートの粉塵が舞いあがって、ゆっくりとぼくたちを包み、喉にまとわりつく。ギュンターが壁面に手のひら大のセメントをつぎつぎと塗りつけていくさまは、『海底二万哩《マイル》』の古い映画セットを白い布で覆うかのようだった。

ギュンターとモニカが来て三週間が経った土曜日の夕食のあと、両親はぼくにルビーの世話をまかせて出かけた。ギュンターを町へ連れ出して、クラブ・エーデルワイスで踊ってくるという。そこはドイツ系カナダ人のレストランで、父さんがときどきバンドでアコーディオンを弾いたり、少人数向けにソロ演奏をしたりする。ギュンターがしぶしぶ行くことに同意したとき、モニカが急に頭痛を訴えた。昼間の観光の疲れが出たという。モニカはワイングラスを片手に、家の前のポーチでルビーと並んですわり、出かけていく車に手を振った。ぼくは裏庭へ行って、はじめてプールのなかにおりた。

ぼくはギュンターが初日にやっていたように、浅いほうの端を這いまわって調べた。じっと目を見開きつづける。何を期待していたか、自分でもわからない。とにかく、おりてみたかった。母さんの弟に関することを、何か見つけたかった。ぼくが知っているのは戦争にまつわる話だけで、せいぜい貨車に向かって腕を伸ばしたことぐらいだ。学校の歴史の教科書『決断の数十年』に書いてあったのは、ポツダム会談で連合国の管理理事会が国境線の大規模な移動を決め、六百万人以上のドイツ人がオーデル・ナイセ線[*8]の東側から追放されたということだ。母さんの一族が退去させられ

＊8—オーデル川とその支流ナイセ川に沿った線。第二次大戦後にドイツとポーランドの国境として設定され、今日に至る。

たのはそのせいだ。けれども、ギュンターおじさんについてはほとんど何も知らないことに気づいた。尻を突いてプールの底のほこりっぽい斜面を深いほうへ滑ると、プールの壁がせばまって世界を頭上の夕焼け空の箱に詰めこんでいくように感じられた。足もとには、蛇のように曲がりくねった延長コードや、武器並みにとがった金ごてや、のこぎり台や、三フィートの水準器や、使いかけのセメントの袋や、古びた赤い工具箱があった。

「あの人みたいにはなりたくないでしょ？」

ぼくは顔をあげた。太陽が向かいの共同住宅の奥に沈もうとしている。最後に残ったひとすじの光が建物のあいだから差しこんで、モニカの顔を真横から照らし、右手に持ったワイングラスに集まっている。

「そこで何してるの？」モニカが訊いた。

「物を落としたんだ」

「なら、さっさと拾って、あがったほうがいいよ。じゃないと、あの人が乗り移るから」モニカはそう言って立ち去った。

つぎの日、ぼくが台所でルビーと自分のためにクッキーを取り分けていると、ギュンターが来てたどたどしい英語で言った。「手伝いが要る。こっち来い」ぼくは答えなかった。ギュンターはレモネードをグラスに注いで飲み干し、台所から出ていった。そのあとについて裏庭へ行き、浅いほうの端に跳びおりると、ポケットのなかでクッキーが砕けるのがわかった。

「おまえ、頭いいか？」

ぼくはうなずいた。「でも、手先は器用じゃない」

「これ持て」ギュンターはぼくに金ごてを渡した。「こうしろ」深いほうの北側の壁に沿ってセメントを塗りはじめた。ぼくはしばらくそれを見ていた。ギュンターは口笛を吹きはじめた。そして手を止めて、ぼくのほうへ向きなおった。「いいか《ヤー》？」

ぼくは前かがみになって、金ごてにセメントを少しとり、いちばん近い壁に向かって足を踏み出した。ギュンターが乗り移るとモニカが言ったのを思い出す。でも、母さんの弟だ。何が悪い？

〝自分がおじさんの国へ行ったら、どんなふうにもてなしてもらいたい？〟母さんはギュンターとモニカを空港へ迎えにいく車のなかで、ルビーとぼくにそう尋ねたものだ。

「おまえ、テレビを観すぎ」ギュンターが言う。

ぼくは大きな弧を描いてセメントを塗っていた。手を止めて振り返る。「オリンピックは大事だよ」ぼくは言った。「世界じゅうの国は家族なんだから」

「そうか」ギュンターは言った。「行け」

ふたりが来て四週目の土曜日――そのあいだ、一オンスの雨も降っていない――母さんがぼくたちに、もううんざりだと告げた。ケルソーへ行きましょう、と母さんは言った。水をさがしたいから。冷たくてきれいな水を浴びたいから。

人造湖はケルソー自然保護区で特に人気のある場所だ。南岸のふたつの砂浜にはさまれて草深い丘があり、丘のてっぺんが駐車場で、反対側の斜面にはアウトドア用品店がある。父さんとぼくはその店でこれまでに何度かヨットを借りた。どんなに強く日差しが降り注いでも、どちらの浜辺に立っていても、北側の丘のポプラとトウヒの林のすぐ向こうから、四〇一号線を通る車の音がいつも聞こえる。湖にはニジマスもいるけど、ぼくはロックバスとブルーギルしか釣ったことがなく、一度マスを釣りあげたいとずっと思っていた。その土曜日、念のためにぼくは自分の釣り竿を持って出た。

駐車場で支度を整えて、ぼくたち六人はピクニックバスケットやタオルやパラソルや雑誌や釣り竿をおろし、男女ふたりずつ三組に分かれて木の階段を浜辺へおりていった。モニカは柔らかく大きな日除け帽を鳥のようにはためかせながら、夫の一歩先を歩いていく。ギュンターは不機嫌そうだ。来る途中の車のなかで、ひとことも口をきかなかった。母さんは落ち着かない様子だ。バスケットを大きく振りまわして持ち替え、何かから気をまぎらそうとしている。弟のことを考えているんだろう。それとも、去年の夏の記憶が頭をよぎって、父さんのことを心配しているんだろうか、とぼくは思った。水辺へ出かけたら、母親が溺れたときのことを父さんが思い出すのではないかということだ。けれども、父さんはルビーやぼくに冗談を言いながら、木の階段をおりている。ここに来るまで父さんは黒いサングラスをかけていた。ギャングみたい、とルビーが言った。階段の途中で父さんはこちらを向き、ゆるいシャツの下にまるめたタオルを札束の袋みたいに不恰好に突っこんで、怪しげなイタリア語風に言った。「カポーネの親分がファミーリアのために、ちょーっと頼みたーいことがあーるというんだがねー」ルビーが声をあげて笑い、子犬のように跳びはねて、父さんのサングラスをとろうとした。ぼくは竿と釣り道具や、ふたつ目のランチバスケットを運んだ。みんな、水着には家で着替えてあった。

最初の砂浜の奥で、空いている場所が見つかった。隣には老夫婦がいる。だれかの祖父母かな、とぼくは思った。でも、そのふたりだけだ。子供はいない。孫もいない。たるんだ皮膚が半透明のラップのようにふたりの体を覆っている。父さんとぼくは素足で熱い砂をならした。タオルを六枚隣り合わせに並べて敷くと、教会のステンドグラスのようだ。着てきた服を脱いで腰をおろし、水にはいれるぐらいまで体があたたまるのを待った。ぼくはモニカの横にすわった。ルビーは水辺まで行って膝まで浸かり、水温をたしかめている。

モニカはぼくの隣で脚を伸ばしていた。ビキニ姿だ。栗色の長い髪が陽光にきらめいている。母さんはいつもワンピースの水着を着る。浜辺にいる母親たちのなかにも、ビキニ姿の人はいない。

髪の長い女の人もいない。モニカは子供を産んだことがないという。お腹は平らで、脚はまだほっそりしている。目を閉じて、二本の指のあいだに巻きつけたひと房の髪をもてあそんでいる。右膝を少し持ちあげていて、両脇へはみ出した胸のふくらみにぼくの目は釘づけになる。

「ここで魚を釣ったことある?」モニカは目を閉じたまま尋ねた。

「何匹か」ぼくは答えた。ギュンターがサングラスのふち越しに見ている。ぼくは目をそらして湖のほうを向いた。

たくさんの人が泳いでいて、浮きマットやゴムボートのまわりで水しぶきをあげている。立ちあがって、ひとりで水際を歩きながらも、モニカのことでぼくの頭はいっぱいだった。何を考えているか、ギュンターに見抜かれただろうか。湖に浮かぶ赤や緑のヨットをじっと見ると、それぞれの白い船体が風に乗って、水面で輝いていた。ヨットはスピードをあげて、千魃で水面がさがった小さな湖をかすめるように滑っていくけれど、やがて行き場を失い、風に逆らって進路を変える。ぼくはセーリングのことや、きょうの午後に予定している釣りのこと、体操のことを考えようとした。オリンピックのことを考えようとした。でも、モニカの姿が頭から離れない。木陰にはいってニレの木にもたれ、遠い人混みのなかにモニカの薄紅色の肌をさがした。垂れさがった大枝の下で、ありえないことと知りながら、モニカが来てくれるのを願った。ギュンターから離れて、こちらへ来ないだろうか、と。手を水着の前にあて、ピクニックチェアにすわったモニカの姿を、映画女優しかしないようなしぐさで長い脚を組むさまを、地面すれすれで持ったワイングラスを赤い唇へ運ぶところを心に描いた。目を閉じて、ビキニ姿で砂浜に横たわるモニカを思い浮かべると、乳房だけが体から離れて、一方がぼくに向かい、もう一方は好き勝手に動いて、硬い褐色の瞳で幸運な崇拝者を見つめた。ぼくはニレの木の下草で手をぬぐって、木陰の外へ出た。太陽のぬくもりが背中いっぱいにひろがる。遠くでモニカがルビーの手を引いて砂の上を湖水まで歩いていくのが見えた。腿の深さのところまで進むと、ふたりは手をつないだまま前に倒れて水に飛びこみ、すぐに白い泡のなかをあがってきた。ぼくはまだ震えていた。脇の下が濡れている。ギュンターとぼく以外はみんな水のなかだ。父さんがぼくを見つけて手を振り、水にはいるように促した。ギュンターはひとりでビーチにすわり、サングラスを額に載せてみんなを見ている。ぼくが少し前に何をしていたかをギュンターは知っているだろうか。

昼食のあと、ぼくは竿と釣り道具を持って湖の反対側へ行き、貯水池へ流れこむ小川で糸を垂れた。そこからは対岸にひろがるふたつの砂浜と、あいだにある幅広の鼻のような丘が見える。ぼくは釣り餌にする虫を何匹か両手で掘り出し、道具箱にあったプラスチックのケースに入れて、一匹を十四号の針につけた。それを水に投げこんで、底へ沈ませる。生まれてはじめてマスを釣ることができた。なめらかで斑点があって、美しい魚だ。ポケットナイフでとどめを刺して、ビニール袋に落とした。一級品とは言えないけど、じゅうぶんに大きい。一時間もすると、フライパン並みの大きさのニジマスがもう三匹釣れた。小川を離れる前にマスの血を洗い流した。ビニール袋を左手に持って、砂浜へ引き返す。一歩ごとに袋が腿にあたる。もどったときには、袋の隅に小さな血だまりができていた。

袋を持ちあげてみんなに見せると、ルビーがおかしな声を出して鼻をつまんだ。母さんがビニール袋をひろげて、ふちからのぞきこむ。どんな仕掛けを使ったか、流れのどのあたりで釣ったか、魚のあたりはどんなだったかを、ぼくは父さんに教えた。えらの下に指を入れていちばん大きなマスをすくいあげ、空中に掲げて見せた。モニカは片肘を突いている。どうやってそれぞれの魚を水面までおびき出し、竿の先端を高々と動かして魚を跳ねさせたかをぼくは説明した。隣に並んだビーチタオルの上で、老夫婦がぼくの話を聞いている。母さんはクーラーボックスに残っていたわずかな卵サラダとジュースを取り出して中を空け、そこにつぎつぎとマスを並べた。母さんが蓋を閉じると、ぼくはまた老夫婦のほうを見た。男の人が奥さんの肩にローションを塗っていた。大きな手のひらにローションをとってあたためてから、奥さんの肌に延ばす。奥さんは湖のほうを向いている。ローションを塗る手の動きで頭がゆっくりと揺れる。そのとき、男の人の前腕のたるんだ白い肌に、黒い蟻が這うような数字の入れ墨が彫ってあるのが見えた。

母さんはパラソルの下の日陰にすわっていた。いつも持ち歩いている《パターンとデザイン》誌をルビーといっしょにめくりながら、ルビーに作ってやるつもりの秋用のワンピースやセーターを指さしている。モニカはまだ陽光を浴びながら、昼食のワインの残りを飲んでいる。魚がクーラーボックスに入れられたあと、モニカは仰向けで体を伸ばしていた。腹のかすかなくぼみで汗が筋になっている。

「いい風じゃないか、ピーター」父さんは言った。「どう思う?」

ぼくはシャツをつかみ、父さんといっしょに建物の外階段へ向かった。けれども、駐車場で後ろから追ってくるギュンターの足音が聞こえて、心が沈んだ。ヨットはせまくて乗りづらい、と父さんに言ってもらいたかった。それならまったくの嘘じゃない。でも、父さんがそんなことを言わないのはわかっていた。ついてくるのを父さんは予想していたのかもしれない。帰国する日が近づいて、ギュンターは到着以来の不機嫌から抜け出しつつあるのかもしれない。打ち解けようとしているのかもしれない。

父さんは保証金を払い、運転免許証を受付係の男の人に渡した。割りあてられたのは四十五番で、青いふたり乗りレーザー級ヨットだ。三人でも問題ないのは知っていたけど、受付係に、ひとりは残るように言ってもらいたかった。定員の規則が変更になった、とか。ぼくが残ることになってもかまわない。けれども、受付係はただうなずいて微笑んだ。それから、ギュンターと父さんがラックからヨットをおろすのを手伝う。三人はそれをかついで砂利敷きの通路を進み、そっと湖に浮かべた。ぼくはライフジャケットを持ってついていき、操舵席へ投げ入れた。

「きょうは音速の壁を破れるかな」岸を離れると、父さんが言った。ヨットはゆっくりと滑り出して水面を横切り、浅い入り江を抜けて進んでいく。湖の上にはほかのヨットもいくつかあった。どれも小さく、青いのはぼくたちだけで、サメの背びれを染めたような色とりどりの帆が水面を横切っている。湖の中央を走る風の流れに乗ろうとしているとき、ぼくはギュンターが落ち着かない様子なのに気づいた。ヨットのせいか、水の上にいるせいかはわからない。でもすぐに、セーリングのことを何も知らないのが見てとれた。そもそも、ぼくたちと泳ぎにきたわけでもない。それなのに、すわる場所にしても、ヨットに合わせた動き方にしても、父さんの指示にすなおに従っている。関心を示すかのように船体の構造について尋ねたり、三角帆や下桁を指さしたり、センターボードをこぶしで叩いたりしている。なぜいっしょに来たんだろう。

湖の中央に出ると、ギュンターもしばらくじっと腰かけて、自分の居場所を確認せずにいられないようだった。父さんは舵棒を持ち、帆脚索を左手に握っている。ぼくは船首にいた。ぼくも操舵できるけど、父さんの情熱の大きさは知っているので、役割を奪うつもりはない。父さんは水にまつわるすべてを深く愛しているから。母親が水に命を奪われたのはどんなにかつらいことだっただろう。入り江から出る前に、舵をとってみるかと何度か声をかけてくれたけど、ぼくは船首にすわって、ボートを操る父さんを見るだけでじゅうぶんだった。いまはリラックスして笑みを浮かべ、風に負けじと大声で話している。父さんはよく、若いころに勝った大会のことを教えてくれたものだ。場所はオーストリアやイタリアに近いバイエルン地方の山間にある神秘的な湖で、アマーゼーやケーニヒスゼーといった不思議な名前だったという。ローマ・オリンピックで対戦したセーリングの偉大な選手たちの話もしていた。そのとき、父さんはドラゴン級で五位に入賞している。

　遊泳区域を仕切っているブイにふれないように注意しながら、父さんはできるだけ岸から離れず、モニカとルビーと母さんの近くを通るようにした。三人が気づくと、ぼくたちは手を振り、ルビーは立ちあがって跳びはねながら両手で口を囲んで何やら叫んでいた。モニカはワイングラスを頭上へあげ、自由の女神のように掲げ持っている。ぼくたちは帆を詰め開きにして進み、小さな波の上を跳ねながら湖の中央へ向かった。ぼくは手を波のなかに浸し、自分の指が薄黄色になって、それから魚のように暗い色になるのを見ていた。髪が顔のまわりでなびく。後ろへ顔を向けると、ギュンターが笑っているのが見えた。風のなかでみんなの声がかすかに聞こえる。ドイツ語の硬い響きが行き交う。金メダルの数、空っぽのプール、ギュンターとモニカ――何もかも忘れて、顔にかかる水しぶきを感じていた。左側を跳ねていくレーザー級のヨットにぼくは手を振った。その帆には赤と黄に染まった太陽が刺繍されている。風に吹かれ、前方から水しぶきを受けていても、空気が熱く感じられる。

　湖の端が近づき、さっき魚を釣った場所が見えたので、入り江を指さして父さんに教えた。そのとき、父さんが前ぶれもなくいきなり右へ舵を切ったので、ぼくは船べりから外へ飛ばされた。ライフジャケットは着ていなかった。黄色がかった黒い塊が急速に迫ってくるのが見える。「ニジマスの天国、全速前進！」と叫ぼうとしたのに、口のなかが湖の水でいっぱいになり、ぼくは沈んでいった。おばあちゃんの姿がまぶたをよぎった。ウェディングドレスの重みで引き落とされるとき、おばあちゃんはきっと、いまのぼくと同じ光景を見ていたんだろう。水草と岩。水中への突然の侵入者に驚く魚。けれども、さらに深く沈む前に、鱗に覆われたような大きな手がおりてきて、ぼくの右腕をつかみ、空中へ引きもどした。息ができた。その手はぼくを引きあげて、ヨットの側部に沿って寝かせた。帆がおろされる。ぼくは肺にはいったくさい水で激しく咳きこみ、船べりから水を吐き出した。振り向くと、ギュンターがこちらを見ていた。上半身がずぶ濡れで黒っぽく、髪からしずくがしたたっている。父さんは舵棒をまだしっかりと握っていたが、ヨットはもうほとんど動いていない。その青ざめてこわばった顔には、母親がスタージョン湖に姿を消した日と同じ恐怖の色が浮かんでいる。ギュンターおじさんに救われた、とぼくは思った。壁を塗りたくるばかりの人間に。

砂浜にもどったころには、ぼくはもう落ち着いていた。湖に落ちた。ちょっと水を飲んだ。それだけのことだ。父さんはあやうく、母親につづいて息子まで水中へ引きこまれるのを目にするところだった。でも、ギュンターがぼくの命を救った。家への帰り道、ぼくは後部座席から前にもたれて、父さんの肩にずっと手をかけていた。父さんは母さんに事故のことを話したけど、少し控えめな言い方だった。母さんはぼくが湖に落ちたのを知った。ライフジャケットを着ていたんだ、とぼくは母さんに言った。ギュンターに借りができた。中国はまだメダルをとったことがない。でも、あの国の文化では、ぼくの命はもうギュンターのものだ。

つぎの二日間、ルビーとぼくはギュンターが作業をしているプールの周囲をうろつきまわった。あまりに待ち遠しくて、オリンピックのことをすっかり忘れていた。ギュンターはぼくの誕生日の二日前、ミュンヘンへ帰る飛行機に乗る三日前に作業を終えた。仕上げに塗った青い塗料が乾くまで二十四時間かかる。ホースから水を出していい正確な時刻が来るまで、ぼくは時計とにらめっこしていた。裏庭に水が満ちるのが待ちきれない。インディアン・サマーが来るのを祈る気分だった。もう九月で、ルビーとぼくの学校がはじまって三日経っている。こんな時季にプールに水を張るなんて意味がない、と父さんが言った。せいぜい二、三週間しか使えないじゃないか、という言い分は正しいと思う。プールに入れる薬品がもったいない。だけどぼくは、あと数日で十四歳になることを強調した。これまで、誕生日に家のプールで泳がなかったことは一度もない。わが家の伝統だ、とぼくは言った。でも父さんは、ギュンターおじさんがあれだけの作業をしてきたことが割に合うのかどうかを見きわめたいようだった。

誕生日の前の夜に、ぼくはホースから水を出した。朝にはプールに半分水が満たされていた。その日の午後、ぼくが釣ったマスを、みんなでバーベキューで焼いた。湖から帰った晩はだれも料理をする気になれなかったから、洗って冷凍しておいたものだ。魚のほかにハンバーガーも食べ、デザートは赤と青の蠟燭を十四本立てたアップル・クリスプだった。ぼくは願い事をして、力いっぱい息を吹きかけた。蠟燭の火が強風を受けた帆のように低く傾いて、ブラウンシュガーの湖に沈む。でも、一本だけ倒れずに残った。親指と人差し指に唾をつけて消そうとしたけど、ギュンターがすばやくテーブルに身を乗り出して吹き消してしまった。

昼食を終え、午後も半ばになって、ぼくたちはもう一度ミニオリンピックを開催した。ルビーとぼくは水着をつけた。芝生の上での宙返りは、これまでにないほど高々と決まった。モニカは両親といっしょに大声で得点を叫び、ギュンターおじさんはすわって見ていた。ぼくは岩石庭園からプールサイドまで逆立ちで進み、飛び板まで移動して、そこでしばらく倒立の姿勢のまま動きを止めた。親指に意識を集中させて、さらに一瞬待ってから背中をまるめ、ようやく冷たい水のなかへ滑りこんだ。プールは生き物のようにぼくの体を包みこみ、押しつぶして硬いボールにした。目をあけると、ギュンターが修理した薄青い跡が、地図に描かれた川のようにプールの傾斜部分を這っていた。

その日、ぼくはルビーにも飛びこみをするよう促した。「すぐ慣れるさ」と言って、手のひらで水しぶきを飛ばす。ルビーは飛び板に立った。去年の夏からぼくたちがつづけていた即興芸を、ピクニックテーブルの前にすわってコーヒーやアップル・シュナップスを飲む大人たちに見せてやった。ルビーは助走をつけてジャンプし、空中で弧を描いて、本物の太陽を背にして宙に浮かんだ。ぼくの妹である未来の体操選手は、甲高い歓声をあげて水面に飛びこんだ。モニカがにっこり笑ってシュナップスを頭上に掲げた。水のなかから、ギュンターがピクニックテーブルを離れるのが見えた。

夕食後、二日ぶりにテレビをつけた。これまでにカナダがとったメダルは、銅が三つと銀がひとつだけだった。ぼくたちは金メダルの知らせを願っていた。大会はもうすぐ閉幕する。もうあまり時間がない。この日のハイライトを見るために、ぼくたちは九時にテレビの部屋に集まった。ルビーはバッグチェアに腰かけ、母さんは編み物をし、父さんは『風とセーリング』という本をめくっている。ニュース映像が部屋を照らした。まず空港、つぎに覆面の男たちとヘリコプター。モニカはルビーの隣の揺り椅子にいる。ギュンターおじさんが家の前のポーチからはいってきた。夕食後ずっとそこで柱にもたれてすわり、《シュテルン》誌を読んでいたのだ。ぼくはギュンターのために長椅子に場所をあけた。ギュンターが腰をおろすときに太腿がかすめ、体温が伝わった。

「あそこから来たんだよね」ルビーがモニカの手を握って言った。フュルステンフェルトブルックという地名がテレビから聞こえたからだ。ミュンヘン・オリンピックがきょうの三時四十五分に中断された、とアナウンサーが言った。イスラエル選手団は引きあげる。ギュンターが、手に持った雑誌をまるめて身を乗り出した。半旗の位置に掲げられたいくつもの旗が映される。ギュンターは両目を顔の奥へ引っこめた。母さんの菜園で乾いた土のにおいを嗅いだときと同じだ。アナウンサーの声がまた流れた。イスラエル選手団など十一名、ミュンヘンの警察官一名、テロリスト五名が死亡。母さんが両手を力なく開いた。覆面をかぶった顔がどこかの角で周囲を注視する映像が流れる。画面を見ながら、母さんは弟に通訳してやった。その声がテレビの光の下で静かに漂う。ギュンターは顔色を変えない。ルビーはアナウンサーの言うことが理解できない。

「人質ってどういう意味？　人質って何？」

「閉じこめられてる人だ」ぼくは答えた。そのとき、画面にまた覆面の男たちが映り、ひとりが滑走路のヘリコプターに手榴弾を投げた。動いていないプロペラが地面に垂れさがったさまは、前にぼくがモニカを見ながら隠れていたニレの木のようだ。つぎの瞬間、爆発が起こり、部屋を黄色い光が満たした。湖でギュンターの腕に引きあげられる直前にぼくが見た光と同じだ。

「ユダヤ人《ユーデン》！」ギュンターが言って、自分の太腿を叩いた。顔の奥に引っこんでいた魚の目をまたまわして、こちらを見る。ぼくにしか理解できないことがある、とでも言いたげだ。よくわからないドイツ語で何か別のことを言って笑い、まるめた雑誌をぼくの太腿に打ちつける。母さんがギュンターにすばやく顔を向け、凍りつくような視線を浴びせた。ぼくはもうギュンターのものじゃないのか？　そう思った。脚にふれた手があたたかい。

「ああ、もうたくさん」母さんは怒りをこめて言い、膝の上から毛糸玉をとった。編み棒を置いてルビーの手首をつかみ、自分の部屋へ追い立てる。

「ユーデンになるのはぜったいいや」ルビーが叫び、母さんの横で足を踏み鳴らして階段をのぼっていく。「やめて、あたしはユーデンじゃない！」

数分後、母さんがもどった。何も言わない。弟へ目を向ける。母さんが怒っているのが見てとれた。父さんは両手を膝に置き、ふたりのあいだ、妻と義弟のあいだに割ってはいろうとしている。モニカも何か言おうとしている。そのとき、これは姉と弟の問題だとモニカが目で訴えているのがわかった。夫と妻の問題じゃない。イスラエル人とドイツ人とパレスチナ人の問題でもない。姉と弟の人生に染み渡り、父親の命を奪い、一九四四年の六月に死のにおいを家からはねつけた、あの〝塩〟の問題だ。家畜運搬車と吹きすさぶ寒風の問題だ。ぼくの家族の核心にある問題だ。モニカは血がつながっていない。二階でギュンターとふたりきりになったら、モニカにも出番があるだろう。それは、ここではないどこかの話だ。ぼくは母さんを見つめた。両手のこぶしを握りしめし考えにふけっている。母さんもだれかを殴ることがあるんだろうか、と思った。すると、その目に涙がこみあげ、母さんは後ろを向いて部屋を抜け出し、二階へあがっていった。モニカも立ちあがって、ポーチへ向かった。父さんはテレビを消し、ぼくにもう寝るように言った。ぼくは寝室のドアを閉め、ベッドの端に腰かけて、廊下の向こうにいるルビーが空中に指で「ひとじち」と書くところを想像した。

夜中の何時かわからないが、ぼくは起きてトイレへ行った。寝ぼけた頭で水が流れる音を聞きながら、ギュンターが残していくものについて考えた。水を満たしたプール。月明かりを浴びて輝く、大地に開いた傷口。人はこうやって何かをあとに残さなくてはならない。休暇は終わりだ。ふたりはあす、ここを去る。

階下へおりて、台所を通り、裏庭に向けてあけ放たれた暗いサンルームにはいると、プールにギュンターがいるのがわかった。ぼくは戸口から泳ぐ姿をながめた。ギュンターは長い腕で力強く水を掻き、小さな部屋を端から端へ行き来するように何度も往復する。ぼくは湿った芝生へ足を踏み入れ、岩石庭園の暗がりにしゃがんだ。一時間以上もそんなふうにして、ギュンターが力尽きるのを待った。芝生から雑草を一本抜いて茎を吸いながら、黒い影が水のなかを動くのを見守る。そのとき、八週間ぶりに雨のしずくが落ちるのを感じた。最初は小雨だったが、やがて空が渦を巻き、本降りになった。プールが勢いよく跳ねて泡を立てる。ぼくはあたたかな雨に舌を突き出して干魃の終わりを味わい、両方の手のひらで器を作って雨を受けた。ギュンターがプールの真ん中で動きを止め、こちらに向かって何かを叫んだ。でも、ぼくは返事をしなかった。何かを託されたんだとしたらどうしよう、とぼくは考えた。動けなかった。あの湖で水から引きあげられたとき、ぼくの命がギュンターの手に委ねられていたとしたら？　ギュンターがぼくの名前をまた呼ぶのが聞こえるけど、これまでだれからもそんなふうに呼ばれたことはない。ぼくのけっして知りえない秘密をはらんだ、弱々しく怯えたような声だ。そのまま待ちつづけ、耳を澄ましていると、雨が肌と顔の上で玉になり、闇のなかから声がぼくの名を何度も何度も呼んだ。ぼくはついに両手の器を口へ運び、中身を飲んだ。

III

ヴィリーはコンクリートの地面を杖で軽く叩いた。濡れた重たい石のような目が眼窩でまわる。頭上の広々としたスタジアムから、割れんばかりの拍手喝采が壁を通してとどろく。聖火がメインゲートを通り抜けるさまをヴィリーは頭に描いた。きらめく小石のような目の裏で、ハトの群れが白い雲となって空へのぼっていく。想像にひたっていると、うなりをあげる壁に寄りかかっていたふたり組の少年の大柄なほうが、おぼつかない足どりのヴィリーを支える杖を蹴り、転ばせて笑い声をあげた。「ユダ公と変な歩き方をするやつはおことわりだ」少年は大声で言い、ヴィリーをブーツで軽く突いた。「わかったか？《フェアシュテースト・ドゥー》」

III

Golem

ゴーレム

つぎの年の夏、バイエルンの丘陵地帯を走り抜け、青い山々を右へ左へ引き離していく車のなかで、母さんがはるか昔の話をしている。第一次世界大戦中に、ヴィリーおじさんの神経を一変させたマスタードガスの雲についてだ。ヴィリーの症状はひどく、いまも悪くなっている、と母さんは言う。だから、会えるうちに会っておこうというわけだ。ミュンヘンの北のどこかで、母さんはシートに腰かけたまま上体を少し反らし、聞き入るぼくとルビーのあいだへ左肘を突き出す。話がガスのことに及ぶとき、声にためらいが混じる。たぶん自分の父親のこと、生前の何かの出来事を思い出しているんだろう。

「ヴィリーおじさんは〝敵国親交変事〟のときに居合わせたのよ」母さんは言う。「当時はそう呼ばれていたんだって」戦争がはじまった年のクリスマス前夜、イギリス軍はヴィリーと仲間たちへの砲撃をやめ、ヴィリーと仲間たちもイギリス軍への爆撃をやめた。時間が止まったクリスマス。翌朝、両軍の前線にはさまれた空き地でサッカーの試合がおこなわれ、ヴィリーは二ゴールと一アシストを決めたという。母さんはしばらく黙し、窓の外の青い山並みをながめやる。考えこんでいる顔だ。斜め後ろから見たその横顔は、目で道端の起伏を追っている。車は山の横腹で長く暗い穴にはいって、奥深くへ進んでいき、父さんがラジオのチャンネルをせわしなく変えている。対向車線を向かってくる車のヘッドライトをつぎつぎ浴びながら、岩塩坑で死んでいった母方のおじいちゃんのことが脳裏に浮かぶ。その人の兄に、これから会いにいく。トンネルを抜けたとたん、米軍ラジオ放送からスーザ作の陽気な行進曲が流れ出す。母さんが前へ身を乗り出して、ラジオのスイッチを切る。

「それが肌にふれたとたん、体が別の心を持つようになったの。ヴィリーの思いどおりに動かなくなった」母さんはガスの話にもどる。毒物と接触したあとは、頭で考えてから体が動くまでに一瞬の間《ま》ができるようになった。深い谷で、声がこだまとなって返るまでの空白の時間と同じだ。母さんの話を聞いて、ぼくは想像する。ヴィリーは自分でもその遅れを感じている。脳からの指令が滝のように血管を流れ、それから指先を通って、あるいは唇から吐き出されて外の世界へ伝えられるのを感じている。その瞬間、まわりの世界は静止し、沈黙する。母さんによると、ヴィリーは戦争からかすり傷もまったくなく帰ってきたけれど、何かが抜け落ちたかのようで、呼吸とは何かと懸命に考えたあげく、ようやく呼吸という仕事に取りかかるようなありさまだったという。

旅をはじめて二週間。船でしか近づけない島に建てられたヘレンキームゼー城で、ルートヴィヒ二世に仕えた侍女たちの金糸織りのタペストリーにふれたとき、母さんはうれし涙を浮かべた。一九三六年、オリンピックで出会ったおじいちゃんとおばあちゃんが結婚式をあげたのはその城だった。ぼくたちは黒い森《シュヴァルツヴァルト》を散歩したり、ケルンの中央広場で肖像画を描いてもらったりした。フランクフルトでは、父さんが高校時代の友達といっしょに即興でアコーディオンを演奏した。ぼくはベルリンの壁に手をあて、真実を語っているのはこっちなのか、あっちなのかと思いをめぐらした。いま、アムステルダムの自動車修理店で父さんが買った中古のオペルに乗って、街から街へと移動しながら、ぼくとルビーは目を大きくあけて、高速道路沿《アウトバーン》いで草を食むシカや、進入路の入口に立つ男たちの姿をさがしている。男たちはみな痩せこけてひげ面で、上へ向けて親指を突き立てるさまは、空をめざしているかのようだ。ぼくたちが暇つぶしにはじめたゲームでは、シカを見つけると男五人ぶんの点数がもらえる。ルビーはまだ小さくてルールがわかっていないので、ぼくが得点を記録する。ルビーは十一歳。ぼくはこの秋、十年生になる。

「映写機なしで映画のフィルムを見ているみたいな感じ」母さんはそう言って、また道路の先へ目を向ける。膝の上に置かれた編み針がカチカチと音を立てる。編んでいるのはぼくの秋用のセーターだ。「わたしがあなたくらいの年ごろだったとき、ヴィリーがそう説明してくれたの。ぎこちない動きのことをね」

ぼくたちは何時間も車に乗りっぱなしだ。前から聞こえる編み物の音が大きくなるのは、ヴィリーの人生を深く知る母さんが沈黙を引き寄せるときだ。車を停めるかどうかで父さんと意見が食いちがうときもそうで、たいがい食いちがう。母さんがこんな様子なのは、ただドイツの大地にもどったせいかもしれない。数インチ下の舗装道路から伝わる重みが、目的と行き先の幻で車内を満たす。父さんは運転中にときどきラジオをつけ、家族みんなが知っているアメリカの音楽が流れる局に周波数を合わせる。みんなを結びつけ、没頭させてくれるものに。

父さんとぼくは車での移動を苦にしない。嵐を追うのが好きだから、こういうことには慣れている。竜巻をさがし求めて、何日も車中で過ごすこともある。こうして旧世界を旅しているせいで、悪天候の季節をかなり逃すことになるだろう。でも、いまのところ、それに見合うだけの旅になっていると思う。母さんの病んだおじさんが登場するまでは、だ。午前の半ばになると、母さんとルビーが父さんに、車を停めてとせがみはじめる。外へ出て脚を伸ばしたいからだ。これまで、泊まる場所が決まらないことがたまにあって、その日は朝食つきの宿に泊まった。そんなときは父さんが前もって電話をかける。だけど、たいていは父さんか母さんの学校時代の仲間が住む窮屈なアパートメントに泊めてもらう。北部では、父さんの高校での親友がヴァイマル共和国時代のお札をたくさん見せながら、その人のお父さんの時代には、それを手押し車いっぱいに積んでもパン一個すら買えなかった、とルビーとぼくに話していた。

父さんが走りつづけたいのも無理はない。ぼくだって、できるものなら帰国して、州のあちらこちらで竜巻をさがしまわったり、ラムジーズ・ドラッグストアの奥でチョコレートバーをポケットに詰めたり、ジョシュア川でブラックバスやナマズを釣ったりしたい。ただ、とてつもなく長い道のりに惹かれてもいる。世界には終わりがない、と感じる。行き先なんてどうでもいい。ルビーは車酔いに苦しみ、胃を落ち着かせるために白い小さな錠剤を飲んでいる。ときどき頭をぼくの膝に載せてくる。ぼくは脚のしびれを和らげようと爪先をもぞもぞさせ、父さんの肩をそっと叩く。それから前へ体を乗り出して、ルビーを休ませよう、いい場所がつぎに見つかったら停まったほうがいいよ、と父さんの耳もとでささやく。フュルステンフェルトブルックまであと三十分。トイレ休憩を終え、ぼくたちはまた車に乗りこむ。ルビーは新鮮な空気を吸って少し吐き気がおさまったのか、背すじを伸ばしてすわっている。母さんはまた編み物をはじめる。しばらくのあいだ、車内に響くのは編み針の立てる音だけだ。ルビーは窓の外をながめ、ぼくに追いつこうとシカをさがしている。いまは十対二でぼくがリードだ。やがて編み針の音がやみ、前にすわったまま母さんがこっちに顔を向ける。

「ガスの話をしたのは、あなたたちがそのことで大騒ぎしないようにと思ったからよ」母さんはぼくをじっと見つめ、眉をあげる。「わかった?」

「そうかい、了解」この夏は病気のおじさんにいたずらしてやろう、とぼくは思いつく。

「まじめに言ってるのよ」母さんは言う。それからルビーに話しかける。「ヴィリーおじさんにおかしなことを訊いちゃだめよ。ねえ、いい?」

「ドイツ人が軍隊《アーミー》をしまうとこ、どーこだ?」ルビーは歌うように言いながら、手のひらの付け根で目をこする。ぼくが教えたやつだ。ルビーはこのごろ一日に百回も繰り返す。そして答を待ちきれず、「お腕《アーミー》はお袖《スリーピー》のなか!」と甲高い声で言って笑う。

「そういう〝おかしな〟じゃないの。いい？　ヴィリーの体の動きについて、非常識なことを訊かないで。じろじろ見るのも失礼なのよ」

「母さんの言うとおりにしろよ、小僧《ユンゲ》」父さんがバックミラーでぼくを見て言う。「軽口はなしだ」父さんはウィンクし、車は長いカーブにさしかかる。

「いた！　ほら、あそこ！」ルビーが大声をあげる。「シカよ！」


ヴィリーは七十代半ばにちがいない。背中の皮膚の奥に、きしみを立てる大きな疑問符が埋もれている気がする。みんなは農場の家のそばのゆるやかに傾斜した牧草地に立っている。ヴィリーはマホガニーの杖にもたれている。母さんが身を乗り出し、ヴィリーを抱きしめる。ふたりが早口で話しているのは、バイリッシュというバイエルン地方の方言で、父さんは理解できない。父さんが脇で礼儀正しく待っていると、会話がドイツ語にもどる。父さんはヴィリーとはじめて会う。母さん以外はみんなそうだ。父さんはすぐにも出発したがっている。でも、このところずっと市に乗りっぱなしで、度を超したことに気づいたんだろう。母さんの頬を流れ落ちる涙を見て、勢いよく飛ばしつづける休暇に急ブレーキをかけなくてはならないと悟ったわけだ。ルビーはひろがった翼のように開いた車のドアの陰側に立ち、眠いときの癖で髪を指に巻きつけている。田舎の空気は牛の気配に満ちている。ぼくは谷の斜面を見あげる。見渡すかぎりこのアルプス風の家しかなく、バイエルン地方の絵はがきを思わせる風景だ。影が落ちはじめた午後の山々で乳牛たちが足を止め、下の小道にいるぼくたちをじっと見つめている。

「これが自慢の息子よ」母さんはドイツ語で陽気に言い、袖で頬をぬぐう。ヴィリーは面長だ。痩せていて、あまり農民っぽくない。ぼくの差し出した手を握ろうとして、腕が動く前に心が近づいてくるさまをぼくは想像する。たしかに遅れがある。ただ内気なだけじゃない。授業で習ったフェルディナント大公暗殺事件[*1]のことが頭に浮かぶ。どう考えても無益だった戦争。ヴィリーが戦った戦争。ぼくは待つ。ヴィリーの靴の先は道化師の靴のように外へ突き出している。左右が逆だ。ぼくは手を引っこめてあとずさりしたくなる。車にもどって旅をつづけたい。嵐をさがしにいきたい。いまさら思いついたかのように、ヴィリーの手がぼくの前にふらふらと伸びてきて、その顔にゆっくりと笑みが漂う。ぼくは戦争の傷と握手している。

ヴィリーの声には老人らしい響きがある。ぼくに何か言っている。

「こんにちは《グリュース・ゴット》」ぼくは答える。

「あなたはわたしにそっくりだって」母さんが通訳する。

ぼくはヴィリーの手を放して脇へ寄る。ルビーが小さな大人のように堂々と握手する。

「道からシカが見えたよ」ルビーはにっこり笑って言う。話が通じなくても、まったく気にしていない。ヴィリーはルビーの小さな頭へぎこちなく手を伸ばし、髪をくしゃくしゃにする。

大人たちが台所のテーブルを囲み、コーヒーを飲んで芥子の実のケーキを食べているあいだ、ぼくは離れたところからヴィリーの体の震えを観察する。家政婦のウーラがぼくとルビーといっしょにいる。会話はすべてドイツ語だ。ぼくとルビーは行儀よくすわっている。ケーキを平らげ、母さんがグラスにしぼりたての牛乳のおかわりをついでくれるのを待つ。ぼくのお粗末なドイツ語で聞きとれたところでは、どうやらウーラはこの農場に住みこみで働いていて、この病人ひとりだけの療養所で世話係をしているらしい。だれもウーラの夫の話をしない。もしかすると、何か聞き漏らしたのかもしれない。ぼくは牛乳を少しずつ飲みながら、ヴィリーは結婚したことがあるのか、これまでに求婚を受け入れた人がいるのかと思いをめぐらす。ウーラはケーキの端をフォークで切り崩してひと口食べ、椅子から立ちあがる。口を大きく動かして咀嚼しながら、冷蔵庫から白い容器を三つ持ってきて、色とりどりの錠剤を手のひらに振り出して数える。テーブルが静まり返る。数え終えた薬をウーラがヴィリーのほうへ押しやると、ヴィリーは白く濁った目を天井に向けてそれを一錠ずつ飲みこむ。手が鉤爪のようだ。伸びた爪に一錠ずつ転がしてすくい、手首を外側へ向けてクレーンのように口へ運ぶ。ルビーがテーブルの下でそわそわと足を動かしはじめると、ようやく母さんがぼくたちを台所から解放する。

＊1——一九一四年、オーストリアの皇位継承者がセルビア人青年に暗殺された事件。第一次世界大戦勃発のきっかけとなった。サラエボ事件と呼ばれることが多い。

ぼくたちは外へ走り出て、肺に空気を満たす。納屋にはいると、ぼくは垂木へのぼり、ルビーは下で待つ。板の隙間からスズメたちがあわただしく出入りする。古い壁の割れ目から差しこむ光の束のなかで、ほこりが止まって見える。頭上の太いマツの梁には、馬具や木箱や汚いスキー板が積まれている。

「見ろよ」ぼくは体を激しく震わせてみせる。「ぶるぶるおじさんだぞ」そう言って宙へ飛び出し、体をよじりながら落ちて、口の端から舌を突き出す。藁とほこりにまみれて干し草の山から現れる。「スーパーぶるぶるおじさんが、おまえを捕まえてやる」飢えたフランケンシュタインの怪物みたいに、よろよろと妹に近づいていく。「逃げなきゃ、マスタード脳炎にしてやる」と脅すと、ルビーは楽しげに叫びをあげて、あいたままのドアから納屋を飛び出す。足音は敷地を駆け抜けて家に向かい、台所のドアが開いて勢いよく閉まる音がする。

最初の日の夕食後、母さんとヴィリーはみんなから離れてすわる。ふたりは台所のテーブルに残り、ほかのみんなはそれぞれ別の場所に落ち着く。この夏、ぼくが親戚や友人たちとの夜に楽しみにしていた笑い声は、いまはまったく響かない。台所から聞こえるのは、ひそひそ声とスプーンが不自然に陶器にあたる音だけだ。父さんのアコーディオンは車のトランクにしまわれたままだ。

ウーラが上の階へ引きあげる。父さんとぼくは居間でヨーロッパの地図をながめている。父さんの目と指は、赤と黒で描かれたハイウェイをすばやくたどり、この国でまだ訪れていない場所へ向かう。ぼくは父さんの横に膝を突いている。父さんの指がイタリア、フランス、スペインへと進んでいく。

「ここを全部見よう」父さんは言う。そして「ほら、いいか」と言い、硬木張りの床にひろげた地図を引き寄せる。「ヨーロッパの大きな港や川だ。ほら、主要な都市は川や自然港のまわりにあるだろう。ここも、ここも、ここも」父さんはブレーメン、ロンドン、バルセロナの順に指さす。ぼくはさらに近くへ寄る。「ここは先週行ったところだ」父さんはハノーヴァーの近くの小さな青い点を指さす。ぼくと父さんはそこでヨットを借り、ルビーと母さんは川沿いの木立を散歩したものだ。

すぐそばにルビーがすわっていて、ひとりごとを言っている。前にひろげられた人形の一家は、フランクフルトのヘルムートおじさん夫婦からのプレゼントだ。ぼくはブーメランと製図セットをもらった。ルビーは人形の赤ちゃんを持ちあげる。「この子はゲルトルート」だれにともなく言う。「でも、〝ベルタ〟って呼んでもいいんだって」そのとき、台所から弱々しいうめき声が聞こえる。子供が泣いているような声だ。父さんがそちらを振り向く。ドナウ川の真ん中で指が曲がる。

ルビーとぼくには予備の寝室が割りあてられ、そこからはそびえ立つ山々を見渡せる。とはいえ、部屋へもどって寝るころには、真っ暗で何も見えない。ぼくが使う簡易ベッドは、父さんが地下室から運んできたものだ。雨や土やカタツムリみたいな、黴くさいにおいがする。明かりが消える前に目にはいる壁紙には、緑と赤の漫画風の馬が描かれていて、人間のように立って互いに腰に前脚をまわしている。開いた窓にかかったチェック柄のカーテンが風を受け、大きくあいた口へとはためいている。明かりが消えると、ヴィリーのことが頭に浮かぶ。ヴィリーの肺にたまった黄色いガスが、手脚を操り人形のようにもてあそぶさまを想像する。夕食のテーブルでヴィリーが飲んでいたひと山の薬のことを考える。あの薬はぼくたちと何かかかわりがあるんだろうか。ルビーのベッドの上に掛けられたカッコウ時計が小さな音で時を刻む。壁の向こうは両親の寝室だ。ここへ来る道すがら、母さんがした話を思い起こす。ヴィリーが戦争で戦ったこと、時間が止まったクリスマス休戦。眠りに落ちる前に、両親の部屋から話し声が聞こえる。だけど、なんと言っているのかはわからない。夢のなかで、馬たちが胸まで泥にはまり、どんよりとした目を天に向ける。

翌日、ぼくたちは朝食をすませ、谷の斜面をのぼってハイキングをする。しじゅう休憩するのは、おもにヴィリーのためだ。ただし、母さんとルビーのためでもある。疲れるからではなく、すぐ道からそれて、山々に自生するエンツィアンという青い鐘形の花を摘みにいくからだ。父さんは右手にピクニックバスケットを持ち、首からカメラをさげている。暑い日で、口数が少ない。最初にルビーと母さんが森のなかへ消えたときには、苦々しげな顔をしたものだ。父さんは谷の向こう側をながめて写真を何枚か撮り、岩に腰をおろして待つ。カメラをいじり、腕時計に目をやる。頭にあるのは、ここに寄ったせいで行けないこの国の土地のことや、見逃すことになるカナダの嵐のことにちがいない。早くオペルに乗りたいんだ。城や造船所を見たいんだ。父さんの親族はもうこの国にいない。父親はキングストンにいて、父さんや母さんと同じく、ぼくが知るただひとつの国で暮らす移民だ。いまでも父さんはこの国で友人たちを訪ねることができる。学生のころの仲間と久しぶりに会うとうれしそうだ。とはいえ、それは別の話だ。ほかの土地で新しい友人たちができ、新しい暮らしを手に入れている。

ヴィリーは杖にもたれている。ぼくは坂道を少しのぼったところで待っている。ルビーと母さんはようやく森からもどり、ルビーがヴィリーに駆け寄って花を一輪手渡す。ヴィリーは顔を赤く染めて、ぎこちなくゆっくりと一回転して微笑み、「ありがとう《ダンケ・シェーン》、カナダ」と言う。ぼくたちはのぼりながらときどき振り返り、遠ざかっていく眼下の谷を見やる。頂上まで二時間。ぼくは先頭を突っ走りながら、ひとりでしっかり突き進めば、気まぐれに歩く一団のおしゃべりや老人の杖の音に邪魔されないから、マツ林のなかでたたずむシカを見つけやすいんじゃないかと考える。結局、息を切らして引き返す。ルビーがヴィリーの腕をとっていっしょに歩き、英語であれこれしゃべっている。ヴィリーは微笑んでいるけれど、ひとことも理解していない。

頂上に着くと、ヴィリーがぼくに体を寄せて、ドイツ語で耳打ちする。「何か言え。大声で言え」という意味だと、ぼくでもわかる。ヴィリーはこだまを聞きたいんだ。自分の脳がどう働くか、体内にガスがあるのがどんな感じかをぼくに伝えたいんだ。はるか彼方の谷の端で、農場が茶色い点に見える。きのうぼくたちが車で来た道は緑の谷底を蛇行して山の向こうに消えているが、そこで合流する道を進めばやがてミュンヘンに着くはずだ。ヴィリーはまた杖にもたれて待っている。骸骨のような細い手のなかで、ルビーからもらった花がしおれている。しばらくのあいだ、みんなの息づかいと父さんのカメラのシャッター音しか聞こえない。

「ベルリンの壁はどっち?」ぼくは父さんに訊く。

「東だ」父さんはファインダーから目を離さずに言う。

ヴィリーが右側の農場の向こうを杖で指し示し、先端で小さな円を描く。〝ベルリン〟ということばを聞きとったんだ。

「すてき《ヴンダーバー》」母さんがささやき声で言う。フランスの方角を見つめている。ルビーは森で摘んだ真っ青な花の束をかかえている。ヴィリーがまたぼくの耳に顔を近づける。

「何を言う?」ヴィリーは尋ねる。ぼくは年寄りくさい息を感じ、顎にうっすらと生えた白いひげに気づく。病気はどのくらい重いんだろう。ぼくたちが農場にいるあいだに死ぬだろうか。期待に満ちたうめきがヴィリーの喉から漏れる。

「助けて!」

ぼくは声を振り絞る。

谷の向こうからこだまが返ってくる。肺が焼けつく。父さんは一瞬びっくりしたあと、満足そうにしている。母さんはすばやく振り返り、ぼくを見つめる。跳ね返る声は弱々しく、なんだか変な響きで、谷底を行き来して橋を架ける。実証実験が完了し、ヴィリーは微笑む。

日が沈むころになると、ぼくたちは外で木の折りたたみ椅子にすわり、丘の斜面に影が伸びるのを見つめる。投げ出したぼくの脚に夕闇が迫り、すねに生えたばかりの黒い毛を呑みこむ。ルビーはピクニックテーブルの端でウォーミングアップをしている。準備を終えると、みんなの前に立ち、冬から練習している床運動の演技の短縮版を披露しはじめる。前転跳び、後転跳び、側転、宙返りの連続技だ。夕食後の薄れゆく光のなかでも、ルビーはダンサーのように動き、静かですばやい身のこなしは、頭上をかすめて餌をとるコウモリを思わせる。

母さんはヴィリーの手を握ったまま、いっしょにルビーの演技を見守る。何が起こっているか、ヴィリーにはわかっているんだろうか。さっきもまた、あの薬を飲んでいた。たぶん、薬のおかげで自分のいたい場所にもどれて、肺の黄色い雲も薄まったんだろう。ルビーが空中で回転しているあいだに、ぼくはこっそり家の裏へまわり、簡易ベッドがもともと置いてあった地下室へおりていく。地下室は真っ暗だけど、電気のスイッチを見つけて入れ、あたりを見まわす。階段の右に壁があり、一面にジャムの瓶が並んでいる。何か家に持ち帰るものを見つけたい。戦争中の古い銃か、銃剣か、手榴弾か。昔の兵士はそういう品をとっておくものだ。ぼくは棚から瓶をひとつ手にとり、袖でほこりをぬぐう。掘り出し物だ。ゆがんだガラスのなかをのぞくと、二匹のトカゲが液に漬かっている。瓶は何十個もあって、中にいるのはヘビやカメが一匹とか、ネズミや小鳥がいくつかとか、孵化していない卵や琥珀色に固まった虫たちが少なくともふたつとか、いろいろだ。どの瓶も蓋にテープが貼られ、日付が記してある。一九五八年六月二十四日、一九四三年八月十七日、一九六九年十月四日。いちばん古いのは一九三一年四月のものだ。動物たちは銅色《あかがねいろ》の澄んだ液体に囚われている。サンショウウオの尾のあたりで沈殿物が渦を巻き、逃げまわる魚を思わせる。ぼくは蓋をあけて、においを嗅ぐ。船外機の排気のように、濃厚でいいにおいだ。

金曜日、ぼくたちは車でミュンヘンに出かけ、オリンピック・スタジアムを見物する。ヴィリーもいっしょだ。出かける前、両親がヴィリーを連れていくかどうかについて話し合っているのが聞こえた。父さんは家族だけの行事にしたいと言った。のろのろ歩く年寄りを待つのがいやなんだろう。ヴィリーだって家族なのよ、と母さんは言い、腕組みをして早足で出ていった。

実際のスタジアムは、去年テレビで観た印象よりも大きい。ルビーはいつかこれくらい大きなところで床運動の演技をしたいと言う。モントリオール・オリンピックまで、あとわずか三年だ。巨大なコンクリートのあばら骨が頭上で弧を描き、何階ぶんも上の一点に集まっている。

「クジラのお腹のなかへ進んでいくみたい」ルビーが言って、頭上に見えるまるい空を指さす。「あれが潮吹き穴」下のトラックでは、黒人ふたりがブロックを使ってスタートの練習をしている。トレーニングウェアの背中に、赤と白と青でUSAという字がプリントされている。ふたりの横の芝生には年上の白人の男が立っていて、潮吹き穴からのぞく青い空に向かってピストルを撃つ。銃声とランナーの反応のあいだには、一瞬のずれも感じられない。だけど、ヴィリーがその音に身をすくめるのは、ふたりが体を起こして走りだしてからだ。

スタジアム見物のあとは、ミュンヘンの中心部を歩きまわって、写真を撮ったり、いくつかの大聖堂の静寂に首を突っこんだりする。涙を流す聖母像の頬に手をふれると、川の水のように冷たい。明るい日差しのなかで、母さんは長年見ていなかった風景を指さす。少女時代にあった木深い緑の公園や小道は、銀行や保険会社に姿を変えている。街の中心にあるマリエン広場で、ぼくたちはレモネードを飲み、父さんの手ぐらい大きなマスタードつきのプレッツェルを買う。みんなで〈魚の噴水《フィッシュブルンネン》〉のへりに腰かけ、水を吐く鯉の像に背を向けて食べる。言い伝えによると、後ろの噴水にペニヒ硬貨を何枚か投げこむと、いつか金持ちになれるという。父さんがポケットに手を突っこみ、ルビーとぼくに硬貨を一枚ずつ渡す。ルビーは自分の硬貨を投げ入れ、飛び跳ねながら目を閉じて熱心に祈る。ぼくは鯉にぶつけたい衝動と闘ったすえ、ようやく親指で硬貨をはじき飛ばし、それが水面にぶつかってゆらゆらと底へ沈むのを見守る。父さんの影に腰をおろすと、噴水の霧が日焼けした首の熱を冷ましてくれる。ヴィリーはぼくの左に無言ですわっている。

父さんはもう、噴水の前に立つぼくたちの写真を何枚も撮っていた。こんどはアメリカ人の女の人に全員の写真を撮ってくれないかと頼み、母さんの隣に立つ。父さんのニコンのカメラを手にしたその人は、〈ディック・ヴァン・ダイク・ショー〉に出てくる金髪の女の人にそっくりだ。カメラの向こうで紫色のガムを噛みながら、ゆっくり時間をかけて、ぼくたち五人を一瞬の間《ま》におさめようとしている。ようやく「チーズ」という声がかかり、ぼくたちはいっせいに応じる。少し遅れて、ヴィリーの声が写真に加わる。響きが弱々しく、ちがう言語だ。

「母さんの知るドイツだけが魅惑のドイツというわけじゃない」父さんがぼくの濡れた首に手を置いて言う。「どこか水辺へ行くのはどうだ？　こんな噴水よりたくさん水があるところだよ。いっそ地中海まで行ってもいい。海水でセーリングをしたこと、なかったろう？　喫水が浅くなるんだ。浮力が大きいから」母さんが聞き耳を立てているのはまちがいない。何も言わず、ただヴィリーを見つめている。ヴィリーは膝にはさんだ杖を見つめている。だけど、ぼくの心は落ち着かない。海水を感じてみたい。

その夜、寝室の壁越しに泣き声が聞こえる。ルビーはもう眠っている。激しいことばのやりとりに耳を澄ましているうちに、去年の夏、母さんの弟がカナダにやってきて、ぼくの家で過ごしたときの言い争いを思い出す。しばらくして声がくぐもり、ここへ来た最初の夜に台所のテーブルで母さんとヴィリーが交わしていた低いささやきに近くなる。そしてついに声が消え、コオロギの鳴き声がもどる。


「来いよ」ぼくはルビーを従えて階段をおり、地下室へ向かう。ここに来てもう三日だ。父さんは解放を待ち望んで、毎日午後に洗車に精を出すようになった。母さんはヴィリーの手足となって世話を焼いている。ウーラはぼくたちの滞在を喜んでいる。話し相手ができたからだ。ウーラと母さんはいっしょに料理をし、ヴィリーが昼寝をすると、連れ立って牧草地をのんびり散歩する。そのあいだ、ルビーとぼくは家のまわりで騒がしくしないように言われている。ぼくは毎日下へおりて、ジャムの瓶を調べる。瓶はズボンやシャツで拭いてきれいにしたので、ほこりひとつない。天井からさがる裸電球の光に包まれて、小さな生き物たちがトランペット色の液のなかで漂っている。

「これを持って」ぼくは言う。「あと、これも。三つ運べるか」

「あたしのほうがいっぱい持てるよ」ルビーは言う。外はもう暗い。大人たちは家の前で折りたたみ椅子にすわっている。

「なるべくたくさん運ぶんだ。でも、落とすなよ。マスタード脳炎になるから」

「でも、ただのちっちゃな動物の死体だよ」ルビーは言う。

ふたりで七つの瓶を持つ。敷地を歩き、オペルのそばを通り過ぎる。月光を浴びたホイールが輝く。待機中の逃走車だ。音もなく現れる列車のように、闇から納屋が浮かびあがり、灰色の夜を背景に黒々と際立つ。ぼくたちは瓶を胸に押しつけたまま、無言で斜面をくだっていく。薄闇に足音が響き、瓶のなかでさざ波が蓋を打つ。

「ここにしよう。下に置いて」ぼくはポケットを探って、マッチ箱を取り出す。「ぜったいにしゃべるなよ。もう一回約束するんだ。いいか、父さんも母さんも告げ口屋は好きじゃない」ぼくはルビーが共犯の誓いを立てるのを待ち、それからマッチを見せる。一本目のマッチを擦ると、ルビーの顔が黒いカーテンの隙間から滑り出たかのように現れる。ルビーは何も言わない。ぼくがマッチを地面に投げ捨てると、ルビーの顔にまたカーテンがかかる。

「これはよく燃えるぞ」ぼくはひとつ目の瓶の蓋をまわしてあける。ガソリンのにおいがする。「なくなったって、ぶるぶるのまぬけは気づかないさ」ぼくは瓶の中身を地面へ落とす。「ただの死骸だし」

ぼくはルビーに後ろへさがるように言う。「よし、どこにいる?」念のため声をかける。ルビーがじゅうぶん離れた位置にいて、残りの瓶も濡れた芝生から安全な距離にあることをたしかめる。「やるぞ」と言って、ぼくはマッチを擦り、火がつくまで一瞬待ったあと、炎がマッチ棒を這うのを見つめる。後ろへさがって、濡れた地面へマッチをほうり投げたとたん、足もとに青い炎の絨毯がひろがって、隣にいるルビーの顔から闇を引き剝がす。炎の真ん中で、ヴィリーが集めた死骸のひとつが歯をむく。小さな放火魔と化したぼくに向かって、かすれた音で威嚇する。証拠を隠滅する犯罪者のように、ぼくたちは七つの瓶をゆっくりと同じ手順で処理していく。すべて終えると、空になった瓶を地下室へもどす。完全犯罪だ。

つぎの日、朝食の前にぼくは炎の跡を調べにいく。芝地に大きく真っ黒な傷が残っている。あたりには薬品のにおいが漂う。全部の骨が燃え崩れたわけではない。燃え残ったものを棒でつつくと、小さな鉤爪がのぞく。とはいえ、火あぶりの現場は踏み慣らされた小道からはずれ、ヴィリーがふだん歩きまわるところから遠く離れている。車を燃やしたって、ここなら見つからないだろう。

昼食のあと、ぼくたちは大金を見つける。納屋の屋根裏に山積みになっている。第一次世界大戦前の古いお札だ。何百万もの価値があるにちがいない。ミュンヘンの噴水が約束したとおりだ。でも、すぐになんの価値もないことに気づく。これは五十年前のお札で、ヘルムートおじさんがフランクフルトで見せてくれたのと同じだ。この大判のお札は、ヴィリーの仲間たちが戦争に負けたあと、ハイパーインフレで紙くず同然になった。「そいつでケツを拭いてもいいぞ」ヘルムートおじさんはぼくに耳打ちして笑ったものだ。

「それ、どうするの?」ルビーが言う。

「銀行を設立しよう」ぼくは手の上で札束をひっくり返す。「ぼくたちの国を建てて、銀行を造ればいい。これが正式な通貨だ」屋根裏でひざまずくぼくたちをハトの群れがてっぺんの梁から見おろして、遠慮がちに鳴いている。まわりには、さっき空にした箱が散らばっている。ふたりで午後いっぱいかけてお札を数える。ぼくは車のグローブボックスから計算機をとってくる。もうすぐ八百万ライヒスマルクというところで、ふたりとも目が痛くなり、電池が切れる。船や家や、カリフォルニア沖の小島を買う遊びをする。ぼくはゴールデンゲートブリッジの真ん中にある屋敷の持ち主だ。飛行機も買う。カナダにある自分の学校も買い、先生を全員くびにする。ルビーは冥王星の大農場で暮らし、家のプールにはイルカとアシカがたくさんいる。ルビーは動物たちと友達になり、宇宙でも指折りの科学者をひとり残らず雇って、動物たちの秘密のことばを解読させる。

夕食の席で、ぼくたちは大富豪が自然に身につけた威厳をたたえている。億万長者だから。すべての惑星の支配者だから。ぼくたちは笑みを交わし、どちらかが笑いだすと、テーブルの下で蹴り合う。ふたりとも爆発寸前だ。秘密がばれたら、ぼくたちの財産は消える。遅かれ早かれ、秘密はルビーの口から漏れるのを、ふたりとも知っている。この手の遊びになると、ルビーは抑えがきかない。これは楽しい秘密だ。でも、動物の死骸を燃やしたほうは楽しい秘密じゃない。ウーラがヴィリーの前で薬を準備しはじめると、浮かれた気分は窓の外へ飛んでいく。薬はすぐそこに並んでいる。コマドリの小さな卵、完璧な青い小石。あれを指ではじいて、部屋の向こう側にいる父さんの胸にあてるか、流しの上の窓にぶつけるかしたい。ここへ来て五日目になっても、ぼくたちのだれもこの儀式に馴染めない。ヴィリーは薬を色鮮やかな輪に並べ、最後の粒からさかのぼって手をつける。鉤爪のような指は、反時計まわりに動く分針だ。ヴィリーは十一時の位置からはじめる。鉤爪を持ちあげ、爪をよじって薬を舌の上に落とし、それを飲みこむ。紅茶を口に含む。十、九、八、と時計の文字盤に沿って、ひとつひとつ飲み進める。母さんはもうぼくたちの気をそらそうしない。ぼくたちはじっとすわったままで、ウーラだけが平然と食事をつづける。父さんは目をくるりとまわし、ぼくに向かって肩をすくめる。父さんがどこで何をしたいかはお見通しだ。フランスのどこかの沖合でイルカの群れといっしょにセーリングをするか、カナダに帰ってバンド仲間とアコーディオンを弾くか。だけど、母さんはここに居つづけたい。母さんに言わせると、ぼくはもっとがんばらなきゃいけないらしい。「ヴィリーといっしょにいてあげて」二日目にそう言っていた。「わたしにはもうヴィリーしかいないの」弟には会いたくない、と母さんが父さんに言うのもぼくは聞いていた。ここからたった数十キロのところに住んでいるけれど、去年の夏のことがあったから、まだ再会する気になれないという。どんな人間に成り果てたかを知ったから。

「わたしにはもうだれもいない」母さんはぼくに言った。「ヴィリーだけよ。そして、いつまでもいるわけじゃない」

「でも、ぼくはドイツ語が話せないんだ」

「そんなの、言いわけよ。あなたのドイツ語は問題ないもの。大人になったら、きっと後悔するから」母さんはぼくの首に手をあて、額にキスをした。

父さんの一族は、過去は過ぎ去ったものと割りきるタイプだ。あともどりはできない。そうすべきでもない。二年前の夏、父さんの両親が結婚記念日にもう一度結婚式をあげようとしたけれど、何もうまくいかなかった。よけいなことをしないほうがいい。ただ、今回は母さんの番だ。母さんがそれを試みている。過去の遺物を掘り起こそうとしている。たぶん、父さんは避けられないものから母さんを救い出そうとしているだけだ。たぶん、経験から学んだから。過去を取りもどそうとして、父さんの父親は妻を失った。

「もう変えることはできないんだ」その夜、寝室の壁の向こうで父さんがささやく声が聞こえる。「ヴィリーをそっとしておいてやれ。バレンシアへ行こう。まだ時間はある。〝愛している〟というスペイン語を覚えたいんだ」壁の向こうで父さんが片膝を突いて母さんの手をとる様子が目に浮かぶ。

つぎの日、ウーラが台所にはいってきて、何かが燃えたらしいと知らせる。芝生に黒く焼けた跡があって、焦げた骨が見えたという。母さんはジャガイモの皮をむいていて、はずした結婚指輪が流しの脇の安全な場所に置いてある。その後、母さんは笑いながら、ウーラの話を英訳してぼくに伝える。農場で暮らしてるとよくあるの、と母さんは言う。ここではみんな、自分の物語を持っている、と。母さんが言うには、ウーラはこのあたりに宇宙人がいて、暗くなると空から飛びおりてくると信じているらしい。ゆうべかその前の夜、ひとりの宇宙人が納屋の裏におり立ったんだって。もちろん、実際にそれを見たわけじゃないけど、牧草地に大きなまるい焦げ跡があって、そこは宇宙人が着陸して牛たちに実験をした場所だそうよ。

ここにいる少なくともひとりは未来へ目を向け、この惑星から飛び立つときのことを想像している、とぼくは思う。

「ここには別の伝説もあるの」母さんはそう言いながら、バイエルン地方の宇宙人たちのことを頭に浮かべて、まだかすかな笑みを漂わせている。「山々をさまようゴーレムの伝説よ。火曜日にのぼった場所より高いところを歩きまわってるの。ゴーレムって知ってる?」

「ううん」ぼくは答える。「怪物みたいなもの?」

母さんは、人々を迫害から守るためにユダヤ教のラビが泥と土で作った人形のことだと説明する。ゴーレムには特別な力があった。ところが、何度も人々を救ったあとで、何か問題があったのか、ゴーレムは逆に人々を襲うようになり、農民たちから町の外へ追い出された。いまではこの前の山道よりずっと高くをひとりでさまよい、ウサギを食べて、夜は泣き疲れて眠りに落ちるという。

「山で何か不思議なことが起こると、みんなゴーレムのせいにするの。最近じゃ、宇宙人も同類にされてるようだけど」

五分後、ウーラがあわてて台所にもどってきて、手を貸してくれと言うので、母さんはエプロンをはずして指輪をはめ、ウーラといっしょに勝手口から出ていく。ぼくもすぐあとについて丘をくだっていき、あの火葬現場に着く。母さんはヴィリーの前にひざまずき、ハンカチで顔をぬぐってやる。ウーラは数フィート離れたところに立っている。ヴィリーは折りたたみ椅子に腰かけて、両脚を前へ投げ出している。どこかから昔の軍服を掘り起こしてきたらしい。軍装品もつけていて、頭に載せたヘルメットが後ろに傾き、ふくらはぎから足首にかけてゲートルが巻かれている。ぼくが地下室で瓶を見つけたのは、まさにそういうものをさがしていたときだった。ヴィリーの脚の内側に尿の染みができ、下へひろがっていく。すわったままのヴィリーは、いくつもの小さな骨が形作る円のふちで、ブーツを履いた足を軽く交差させ、焦げ跡をじっと見おろしている。

翌朝、父さんが寝室のドアをあけてぼくの名を呼び、出発することがわかる。荷物を車に積みこむあいだ、だれも口をきかない。少し前、ぼくたちは朝食をあわただしく食べ、薬を飲むヴィリーの見おさめをした。父さんは、やはり海水を経験すべきだとぼくたちを説得した。バレンシアの近くでヨットを借りて、イルカの群れといっしょにセーリングをする予定だ。宇宙人やアシカが暮らす冥王星みたいな、もっとましな世界だったら、ルビーが動物たちに話しかけて、いちばん美しい珊瑚礁がある海の底はどこかと尋ねてくれるだろう。〝こんなに広々とした水の世界で何をするの？〟と。でも、ぼくたちは動物たちのことばを話せないし、ぼくはヴィリーのことばを話せないし、ヴィリーはぼくの故郷、ぼくが知る唯一の世界を知らない。母さんがぼくたちを結びつけて、三つの世代を融け合わせようとしても、みんなひとりぼっちでばらばらだ。父さんは頑固なんじゃない。ぼくたちをしっかりまとめて、助けようとしている。

みんながオペルのまわりに立っている。ぼくは古いライヒスマルク紙幣をポケットいっぱいに詰めこんで納屋から顔を出し、朝日のなかでまばたきをする。ヴィリーの瓶もいくつか荷物に入れた。旧世界で過ごした夏の記念品だ。車のドアは跳ねあげられている。ルビーは母さんに劣らず静かで、これからはじまる一日について、両親の沈黙について、編み針が立てる小刻みな音について考えている。

父さんがヴィリーへ手を差し伸べると、ヴィリーの体は無情にも操り人形のような動きをし、腕がゆっくりとあがって父さんの手をとる。ふたりは二度握手をするけれど、父さんのほうが力強く決意がこもっている。それから父さんはウーラの頬にキスをしたあと、自分の腹を叩いてケーキについて何やら言い、ふたりはさびしげに笑う。母さんは泣くまいと心を決めている。ヴィリーを抱きしめて、ふたりでゆうに一分は立ちつくす。ついにルビーが声をかける。

「ねえ、行こう」ルビーは大人たちの儀式にもううんざりしている。「シカをさがさなくちゃ」もう別れの挨拶をすませて、跳ねあげられたドアの下に立っている。ぼくはウーラと握手を交わすと、横へずれてヴィリーに手を差し出し、傷ついた体のゆるやかな動きと最後にふれ合うのを待つ。額に日差しを感じる。ところが、ヴィリーの手がポケットに消える。何かを掘り出そうとしているらしく、手がゆっくりと動き、大きすぎるズボンの深くあたたかな洞窟を探っている。母さんが少し動き、ウーラが胸の前で腕組みをする。父さんは外へ通じる小道の先へ目をやる。それからルビーが後部座席に乗りこみ、リアウィンドウ越しにその瞬間を見守る。幹線道路の脇にいるシカが人間さながらの信じがたい動作をするかのように。これまで森でだれも体験していないほどの深い憐れみや赦しのしぐさを見せつけるかのように。しかし、ぼくたちが目のあたりにするのはそんな光景ではない。全員の見守る前で、命の尽きかけた老人が生きた小動物をぼくに差し出す。ツバメだ。ヴィリーは細い鉤爪のような指でつかんだツバメを、ぼくの顔に押しつける。くちばしと羽が肌にふれ、小さな心臓が激しく脈打つのを、ぼくは感じる。

IV

ロッティは高さ十メートルの飛びこみ台のふちに立っていた。つぎの演技のイメージを、最後にもう一度頭のなかで描く。もうひとりの自分が跳びあがり、蝦型の姿勢で一回転半したあと、体をまっすぐにもどして槍のように入水する。観客席では、ジルケがカメラを持って待ち構えている。友に見守られるなか、飛びこみ台に立つロッティは動きはじめた。両腕をひろげ、静かに爪先で立つ。風に運ばれた雲が太陽を横切る。その下で、水がはじける音が響き渡った。競技に没頭していたふたりは気づかなかったが、カメラを持ったジルケのすぐ下の席に、粗末な身なりのドイツのセーリング選手がいた。ロッティが入水するときには、その男は彼女と過ごす生涯を結末まで思い描いていた。

IV
Ruby

ルビー

ルビーが飛んだ日

一九七八年五月のある日、ぼくは建国百周年記念市民プールの塩素消毒された温水にうつ伏せで浮かびながら、妹が病と闘ってきた日々を思い返し、なんとしてもまた飛ばせてやりたいと祈っていた。ぼくが慈善活動をしようと考えたのはルビーのことがきっかけだ。ルビーの病気が寛解して一年が経とうとしていた。一週間後、ぼくはプールの壁や底にふれずに水中にいられる時間の世界記録に挑戦する。集めたお金はすべて、ガンの研究に寄付される。溺死防止浮遊法は、ぼくにとって目新しいものではなかった。ケルソー湖で溺れかけたあの夏のあと、独学で練習してきたからだ。ほんとうに危ないときは、ただ立ち泳ぎをするよりも、このほうがエネルギーを効率よく使える。ルビーとぼくはこれを「死体浮かび」と呼んでいた。その日、記録挑戦を一週間後に控えたぼくは、呼吸のペースを落としすぎたせいで、頭がくらくらしはじめていた。まわりの人たちが水しぶきを立てて泳いでいる。ぼくは顔を水につけて、夢うつつの気分のまま、この世界から飛び立って雲に手を届かせたいというルビーの願いに思いをはせていた。

生まれた直後、検査のために明かりに向かって掲げられたルビーの姿を、ぼくは思い描いた。宙へ浮かぼうとひろげられた腕の先で、手も指も軽く曲げられている。空を飛ぶためだ。その何日かあと、病院からわが家へ向かう車のなかでは、窓から吹きこむ風を両の手のひらでしっかり受け止めていたにちがいない。それが何で、どんなふうに物を動かすのかを、ルビーは心の奥のどこかで理解していた。何もかも、飛びこみ競技のオリンピック選手だったおばあちゃんのロッティから受け継いだんだろう。おばあちゃんは家族で最初に雲のもとへ発った人だった。

赤ん坊のルビーは、紙ナプキンを切って作った雪の結晶のモビールの下で寝ていたものだ。八月の暑さで雪の結晶の先端が垂れさがり、外ではコガラがカエデの木々に集まっていた。はじめての夏の雲ひとつなく晴れた日、ルビーはマットレスに腕を叩きつけ、脚をばたつかせた。首を思いきりあげたせいで、涙が頬にひろがる。その思いに応えて、小さな体は宙に浮かび、ベビーベッドの五フィート上でゆっくりと回転する雪の結晶を舌で味わった。のちにルビーはこんなふうに言いきった。この世界に生まれて三か月が経とうとしていたころ、腰が下から空気に押されるのを感じ、体が浮かんでいった、と。あの日、あたしは飛んだの。あの雪、冷たかったんだから！

それに似た話はいくつもあった。一九七〇年、兄であるぼくは、ルビーが浮きあがった話や飛んだ話をするのを聞いてやったものだ。ルビーは自信満々だった。けれども、その主張を裏づけるものは、朝食のとき、大好きなシリアルを前にしたぼくたちに母さんが語り聞かせる話だけだった。きのう〈ロブローズ〉へ行ったんだけど、ルビーをショッピングカートにすわらせておいて、その場を離れたの。ルビーはいちばん上の棚にあるシリアルを見あげてた。少ししてもどったら、カートが〈フルーツループ〉の箱でいっぱいでね。あふれそうなくらい。まわりに手伝ってくれそうな人はいなかったんだけど。ルビーはそれを聞いて微笑み、ボウルをテーブルの真ん中へ押し出しておかわりを求めた。ほかに、飛行機の話もある。ゴムで動くバルサ材のプロペラ飛行機をおばあちゃんがくれたことがあり、ある朝、それが通りでいちばん高いカエデの木の枝に引っかかったので、ぼくは父さんを呼びに家へ走って帰った。梯子をがたがた鳴らして運びながら、ぼくたちがそこへもどると、ルビーが飛行機を口にくわえて、両腕を蝶のように動かしていた。

信じない理由はなかった。以前ぼく自身も、小さな奇跡を起こしていた。ある日、浴槽で膝の草染みや耳の汚れを落としたあと、横たわって泡だらけの水面を見つめながら、体との境目が波の動きに合わせて小さく揺れ動くのを観察していたことがある。それから湯のなかにもぐり、じっとしていると、自分が呼吸しているのが感じられた。水中にいるのに、胸が上下に動いている。耳のすぐ下に、えらができたのを確信した。ぼくは水面を通して上を見据え、そこにある空気の満ちた異世界、妹の住む世界へと思いをめぐらした。

才能に恵まれた一家だとぼくたちは信じていた。オリンピック選手の一家。どんな奇跡が起こっても不思議ではない。そのころには、ふつうの人が空を飛べないこと、水中では息ができないことは知っていた。でも、ぼくたちにはできた。進化していると思っていた。夜になると、ぼくは建国百周年記念公立図書館で見つけた恐竜の本をつぎつぎとルビーに読んで聞かせた。ふたりとも、地球最古の生き物が陸に住みついていく様子に夢中になった。餌をさがしまわる恐竜たちの絵や、人類が四足歩行のサルからホモ・サピエンスへと徐々に進化する図にもだ。その図の最後に、ぼくたちは自分たちを描き加えた。翼の生えた天使と、足に水かきのついたカエル人間の絵だ。テレビも役立った。カーク船長[*1]は赤い血を流していたが、宇宙の海を鳥のように漂うことができた。鳥類と両生類が融合した、進化の産物。その姿へと、ぼくたちはぐんぐん近づいていた。

ぼくたち家族の才能は永遠のものだと思っていた。父さんの設計したヨットが沈んだことは一度もなく、浸水したことすらなかった。母さんがすらりとした手で縫いあげた服は、どんな天気だろうと——父さんといっしょに追いかけた竜巻のなかだろうと——ぼくたちを守ってくれた。どれほど寒い雨の日でも、いつもあたたかく快適でいられた。祖父母はキングストン北部の果樹園で食べごろの果物を穫って、山ほど届けてくれた。靴職人だったおじいちゃんはルビーとぼくに、履いているものを見ればその人のことがよくわかると言った。どんな土地を歩くのが好きで、どこから来て、どこへ行くつもりなのか。でも、ぼくたちは大地を捨て去ろうとしていた。そのときはもう、そうだった。

両親と祖父母は、かつてはるか遠方に住んでいた。オリンピックの国ドイツ。けれどもぼくたちは、それがとんでもない犯罪国家であり、先史時代のぬかるみでもがきつづける愚かな野獣だとのちに

＊1——〈スタートレック〉シリーズの最初の主人公。

知った。ルビーとぼくは、そこから遠く離れていることをありがたく思い、その国のことばを使うのを拒んだ。両親がドイツ語で話しかけてくると、意味がわかってしまったときでも、うつろな目を向けた。〝ヴァス・ヴィルスト・ドゥ・ユンゲ？（息子よ、何がほしい）〟〝ビスト・ドゥ・ミューデ？（疲れたのか）〟――ごく簡単な質問、食べ物についての切実な質問に対してさえ、ぼくたちは腹をすかせたまま見つめ返した。妥協はしなかった。何年かして、両親は屈した。祖父母も努力が無駄に終わったことを悟り、ぼくたちの話す新しいことばのほうが明るく軽やかだと認めた。そしてついに、ハリウッド映画の悪役のような強い訛りのある英語でぼくたちや新しい世界の人々に話しかけるようになった。はじめて博物館を訪れたとき、ぼくたちは世界の進化を目のあたりにした。ガラスケースのなかで、自分たちの祖先が泡立つタールの池に飲みこまれていくのを目撃した。その日は、ドイツから来たギュンターおじさんもいっしょだった。ルビーとぼくはつぎの展示へと走っていったが、すでに飽きはじめていた大人たちは暗い廊下を後ろからゆっくりと歩いてきた。使っていたのは昔のことばだ。ギュンターのかすかなつぶやきに混じって、プラスチックのシダや孵化しつつある卵の石膏模型に隠されたスピーカーから、録音された翼竜の鳴き声が響く。ここはルビーが得意とする世界だ。〝飛ぶ生き物〟の展示室で、ルビーは囲いのなかに落ちていたアホウドリの羽根を拾って、髪に挿した。アメリカ先住民の真似をしているとギュンターは思ったらしい。たどたどしい英語で「カウボーイだぞ」と言い、日本人の団体に囲まれるなか、馬に乗る真似をした。

ルビーは鼻で笑ってアホウドリのほうへ向きなおり、腕をひろげて翼の大きさを測った。

ぼくは海洋生物の痕跡をさがし求めた。魚竜やギロドゥスといった、ドイツから来た珍妙なおじさんよりもぼくたち一族に近い生き物のことだ。それらが骨だけの姿で石壁を背に泳ぎ、先史時代の海にそよぐ風を表したかすかな光を浴びている。ぼくはその幻影に抗わず、祖先たちに交じった自分の姿を思い描いた。長い歯を持ち、気ままに泳ぐ。かつて、両手がイルカのひれに似ていたこともあったんだから。

そのころには、ルビーとぼくのあいだに大きな隔たりができはじめていた。ぼくたちはともに進化していたが、向かう先がちがった。ほかのみんなはとどまったままだ。あの日、エジプトの展示室でミイラを見たあと、ルビーは〝飛ぶ生き物〟の展示室へ駆けもどった。死の可能性に心を乱されたのかもしれない。抜け出すところはだれも見ていなかった。「あっちへもどってみよう」父さんが見当をつけて言った。そのあとについて二階へ行くと、羽根を髪に挿したままのルビーが、きらめくワイヤーで十フィートの高さに吊されたアホウドリの背にまたがっていた。翼の生えた馬に乗っているように見えた。

オリンピックの夏。ルビーは九歳だった。オルガ・コルブトがミュンヘンの会場の天井に届きそうになるのを、ルビーは見ていた。妹にとって、それはなんの不思議もないことだった。一方、ルビーの才能が開花するにつれて、ぼくの一族に与えられた才能は色あせていった。前年の夏にはおばあちゃんが死んだ。おじいちゃんはキングストンでひとり暮らしをしていた。春には、父さんの設計したヨットの一艇がセントルシアの南岸沖で沈んだという知らせを受けた。ぼくの成長の速さに、服を縫う母さんの手が追いつかなくなった。しかたがないので、店で買ってきた服を着ざるをえなかった。一九七二年の冬じゅう、ぼくは冷たくじめついた日々を送っていた。

ルビーは週に三日、体育館でセアラというパートタイムの体操コーチと練習をするようになった。すぐに大会にも出はじめた。そのころから、母さんはしきりに、娘を失ってしまったとこぼした。朝から晩まで段ちがい平行棒にぶらさがってばかりで、州の隅々、ときにはケベックやニューヨークやミシガンでの大会へまで出かけていたからだ。一九七三年の春、ルビーは数々の地方大会で圧勝し、カナダ代表チームのコーチであるボリス・バジンの目に留まった。ボリスによると、ルビーはまれな能力の持ち主らしい。これほど長く空中にとどまれる選手は見たことがない、特別な才能を持っている、いまからでも世界クラスの体操選手に育てられる、とボリスは言った。学校が終わると、ぼくはルビーといっしょに体育館へ行って、練習を見守った。ルビーが練習しているマットの片側に立ったボリスは、両手を握りしめながら、もっとだ、と叫んで手を叩き、ルビーがバーを放すと自分も弓なりに背を反らした。「もっと高く飛べるようになったら、屋根を高くしなくてはな」その日、ボリスはそう語った。

「あの子には才能があります」後日、わが家の台所テーブルで、ボリスが母さんから目の前に差し出されたケーキを切りながら言った。「とてつもない才能がね」

父さんがぼくたち一族に流れるオリンピックの血について話し、ベルリンの地に並んで立つ祖父母の写真を見せてやった。背景には、当時よくあった赤と黒の国旗や、ジャックブーツを履いた男が写っている。ローマで撮った父さん自身の写真も忘れなかった。

「ヨーゼフ」ボリスは言った。フォークを置いてベルリンの写真を手にとる。「これからどうしましょうか。こういったことに覚悟が必要なのはおわかりですね」

「エリーザベト」父さんは声をかけた。母さんはシンクの前に立って、コーヒーのフィルターをゆすいでいた。結婚指輪は、排水口に落ちないように、カウンターの離れたところに置いてある。母さんは手から水をしたたらせたまま振り返った。

「だれかさんの破れた夢のために娘を失う準備はできていませんよ」

ボリスと父さんはテーブル越しに顔を見合わせた。ぼくは父さんをよく知っている。父さんは少し時間をくれと言いたげに、わけ知り顔でウィンクをした。ボリスは理解した。それから写真を父さんに返し、だまってまたケーキを食べはじめた。

一週間後、母さんはルビーをそばに呼んだ。ルビーの胼胝《たこ》だらけの小さな手のひらを握り、悲しげに見つめた。「これがあなたの望みなの？　革みたいな手。まだ十歳かそこらなのに、六十歳のおばあさんみたいな手になってしまう」

「あたし、飛びたい」ルビーがそう答えると、母さんはベッドの端から立ちあがり、涙を浮かべて部屋を出ていった。母さんには堪えたんだろう。娘が自分には理解できないことを選んで、離れていったんだから。母さんはオリンピック選手ではない。進化とは無縁だ。母さんの一族は大半が戦争で命を落とした。瓦礫のなかでかろうじて生き残った者も、訪ねてくるときは母さんが捨て去った記憶を蒸し返すばかりだった。けれど、ルビーは前へ飛び立とうとしている。それが見えていないのは母さんだけだった。

その夏、父さんとぼくは以前にも増して嵐を追いかけた。ルビーに劣らず、父さんも風の力を知っていた。空気や風についての父さんの理解には、実用に即した面が見られた。そう感じたのは、目に見える結果を追い求める節があったからだ。根こそぎ倒れた電柱。荒波の立つ海で風にあおられてかしぐ全長四十フィートのクルーザー。父さんの気持ちを何より高ぶらせるのは、強風に揉まれてゆがんだり揺さぶられたりする家屋や、シムコー湖の暗い水面で踊る竜巻だった。父さんの手のなかでぼくの手も汗ばみ、振りほどきたくてたまらなかった。

ぼくたちはオンタリオ気象センターの発表をいつも気に留め、悪天候の兆しに目を光らせていた。竜巻なら大あたりだ。週末じゅう嵐をさがし求めて出かけていたこともある。地平線で何かが生まれつつあるとの情報がはいると、父さんは仕事を休んだ。ルビーをバーリントンの体育館でおろし、ふたりでそのまま嵐を追いかけたことも何度かある。私道を出るとき、車のなかで手を振りながら、玄関先に立つ母さんを見やると、額にはもう悲しみと困惑が刻まれていた。ぼくたち三人を乗せた車がレイクショア・ロードで曲がって西へ向かい、互いに姿が見えなくなるまで、母さんは振り返した手をおろそうとはしなかった。

つぎは一九七六年二月のカナダ代表選考会だった。ルビーはそこで飛んだ。新しいユニフォームが新年早々に届いていた。ルビーはぼくたちの説得に耳を貸さず、着るたびに魔法の力が弱まると言って、一度も試着をしなかった。赤地で側面に白のストライプがはいり、右肩に小さなカエデの葉が刺繍されたユニフォームだった。ヨーク大学のテイト・マッケンジー体育館へ出発する日の二週間前に、地元紙の女性記者がわが家を訪れた。モントリオールでメダルを狙うことにはどんな意味があるのか、と記者はルビーに尋ねた。ルビーは、自分の目標は四年前のミュンヘンで見たオルガ・コルブトのように飛ぶことだ、と答えた。

女子の選考会の初日、ルビーがマットを横切って歩いてほかの選手たちのなかに溶けこむのを、ぼくたちはながめていた。ルビーは床のマットで何度か大きく飛び跳ね、つづいて跳馬台の具合をたしかめた。体育館は席の半分が埋まっていた。ぼくたちの席は床の近くで、隣にはレッドディアから来た夫婦がいた。ぼくは妹が下にいることをそのふたりに話した。「金髪のポニーテール」言いながらルビーを指さす。「赤いウェアの子です」ウォーミングアップ中、ルビーの頭の後ろで束ねられた髪が鳥の翼のようにはずんだ。

「きっと、じょうずなのね」女の人が言った。

「ほんとうに空を飛べるんですよ」

　母さんは両手を揉み合わせている。ふだん持ち歩いている編み物のバッグは家に置いたままだ。父さんは近くにいる人みんなに早口で話しかけ、ときどき手もとへ目をやってカメラにフィルムを入れている。母さんの膝越しにこちらへ身を乗り出す。

「あそこにいる子、みごとでしょう」ぼくの隣の夫婦に向かって言った。「見てください！」夫婦は人がよさそうにうなずく。「小さなオリンピック選手ですよ」

　最初の種目の前、ルビーはベンチでそわそわしていた。頭のなかで自分の演技を何度も繰り返し、ひとつひとつのひねりや姿勢を最後にもう一度、脳裏で完成させているにちがいない。思い描いたとおりの演技を完璧に再現できますように、とぼくは祈った。自分の番号が呼ばれたとき、ルビーの小さな胸が期待で大きく波打つのがわかった。歩く足どりは飛躍するかのようで、ぼくたちのだれも見たことがないほど優雅だ。ボリスは微笑みながらも、トレーニングウェアのファスナーを胸のあたりで落ち着きなく上げ下げしている。ルビーが床を進んでいくと、ボリスは首の緊張を解いた。まわりではほかの選手の演技がつづいている。ルビーは助走路の端で立ち止まり、足を一歩後ろに引いて片方の膝を曲げたあと、少し待ってから全力で走りだした。大きな音を立てて跳躍板を踏むと、ひねりを加えながら上昇して跳馬台に迫り、馬革に手を突いたあと、父さんのカメラのシャッター音と同時にもう一度空中へ跳ねあがり、一回転半を決めた。ルビーは背すじをまっすぐ伸ばし、ぼくたちのほうへ顔を向けてにっこりした。

その年、わが家の炉棚に新しいメダルが飾られることはなかった。ルビーは代表選手に選ばれなかった。このとき、十三歳になったばかりだった。体操をはじめてまだ四年ぐらいなのに、この国の最高の選手と対等に戦えたじゃないか、とぼくは言ってやった。つぎのモスクワ・オリンピックでもじゅうぶんチャンスがある、と。選考会のあと、春が過ぎて夏が訪れても、ルビーは意気消沈したままだった。ときどき持ちなおすこともあった。でも、だれにもわからないものまで失ってしまったかのように、すぐにまたふさぎこむ。その年の秋はあたたかかったのに、ルビーは母さんを急かして手編みのセーターを何着も作らせた。「もっと厚くして」編みかけのセーターについても、アンゴラの毛を頬にあてて調べ、注文をつけた。家族はみんなまだTシャツ姿なのに、ルビーは母さんのセーターを借りて着ていた。暑い夏のうちから、テレビの前で毛布にくるまり、モントリオールで開催中の試合の様子を観ていた。インディアン・サマーが到来して三週目、ぼくは近所の仲間の少年から、女の子というのは平らな胸を隠すためにゆるい服を着るものだと教わった。その秋、ルビーは暖炉の前で宿題をした。そしてほぼ毎晩、早く眠りに就いた。

「期待が高まりすぎたんだ、それだけさ。時間が必要なんだよ」父さんがボリスとの電話で言うのが聞こえた。「おれもローマのあと、似た気分だったのを思い出すよ。あと一歩のところでメダルにきらわれてね」

けれども、ルビーは力を失っていった。代表漏れだけが原因とは思えなかった。練習も休んでばかりだ。初雪の日に学校の先生から電話があり、家庭で何か問題があるのではないかと遠まわしに言われた。

十二月のある火曜日、昼食を食べに家に帰ると、母さんが台所のテーブルに顔を伏せていた。母さんは立ちあがり、ぼくを両腕で抱きしめた。涙が頰を伝っている。「けさ病院に行ったの」母さんは言った。「ルビーは病気なんですって」

ぼくはしばらく待ってから言った。「なんの病気?」

「どこかわからないけど、異常があるのよ」母さんの声には怒りがこもっていて、ぼくは驚きと恐怖を覚えた。母さんの左手が震えはじめる。ぼくはその手をとり、いっしょに腰かけた。母さんのカップに紅茶を注いだ。それから母さんは、病院で聞いたことをぼくに話した。

母さんが話すあいだ、ぼくはその目を見つめていた。母さんは支えを求めて周囲へ目を泳がせている。いま母さんに必要なのはぼくではない、とわかった。居間へ行って父さんの職場に電話をかけたけれど、もう帰ったと言われた。ぼくは受話器を置き、階段をのぼった。ルビーは自分の部屋で、ベッドの頭板にもたれてまっすぐすわっていた。母さんが去年作ったピンクの羽毛布団が脚を覆っている。

「おい、鳥娘」ぼくはルビーの手をとり、革のように硬い手のひらをこすった。ルビーは窓の外へ目を向けて、カエデの木にいるスズメたちを見つめている。「はじめて飛んだときの話をもう一度聞かせてくれないか」

その日の夜に脊椎穿刺《せきついせんし》をするまで、たしかなことは何もわからなかった。病室で医師が翼形の針を刺すとき、ぼくはルビーの手を握っていた。右腕はもう点滴につながれている。ルビーは泣き叫び、ぼくの手を胸に抱き寄せた。母さんがルビーの額に手をあてる。「痛いよな」父さんが顔をしかめながら言った。「でも、どこが悪いか調べなきゃ」ベッドの向かい側の壁には、ビッグバードやアクアマンの色鮮やかなポスターが貼られている。看護師が針に取りつけた注射筒に、白っぽく濁った液体がゆっくりと満たされていくのを、ぼくは見守った。

その夜、母さんはルビーに付き添って病院に残った。車で家に帰るあいだ、父さんとぼくはひとことも話さなかった。八時前にはうちの私道に着いた。ぼくはそこからすぐ建国百周年記念公立図書館へ向かい、恐竜に関する本、鳥類の進化に関する本を手あたりしだいに借りてきた。

つぎの日、化学療法がはじまった。ルビーには毎朝、ビンクリスチンやプレドニゾンといった先史時代っぽい名前の薬が投与された。医師たちは寛解をめざしている。「ルビー」最初の日の午後、

『恐竜の謎』を腕にかかえてぼくは言った。「始祖鳥の話、聞きたい?」答を待たずにベッドのルビーの横に腰をおろした。

「〝バイエルンの〟——ぼくたちが三年前の夏に行ったところだ——〝石工たちが、歴史に残るすばらしい発見をしました〟」

ぼくはことばを切り、ビッグバードへ目をやった。ルビーは窓の外の木々を見つめている。

「〝石工たちが見つけた化石は爬虫類に似た特徴を持ち、小さな恐竜のものではないかとも考えられましたが、鳥類との類似点もいくつかありました。羽毛が残っていたのです。それ以前にダーウィンが、鳥類は爬虫類が進化したものであるという仮説を立てていたので、爬虫類と鳥類の特徴を同時に具えたこの始祖鳥こそ、まさにその証拠となりそうでした。進化論を支持する人々にとっては、信じられないほどの幸運でした〟」

学校が終わるとぼくは病院へ行き、空を飛ぶ生き物の出現についてルビーに読み聞かせた。ルビーは急速に痩せていった。点滴のせいで、すぐに両腕の血管のほとんどがだめになった。一週目の終わりには、看護師たちは足の血管につながざるをえなくなった。腕にはもう何もない。鳥類でも爬虫類でもある始祖鳥の話を読み終えたあと、ぼくはロンドン、ベルリン、マックスベルク、テイラー、アイヒシュテットにある標本の発見について読んで聞かせた。夜には、以前ぼくたちが落書きしたあの進化の図を頭に思い浮かべた。ルビーはいつも、ぼくのカエル男の絵の隣に、翼の生えた天使を描き加えたものだ。

ぼくはなるべくルビーに話させようとした。痛みを忘れさせるために。どこか別のところへ導いてやるために。

「ぼくたちはまたいっしょになるんだ」ぼくは言った。「同じ進化の道で」

十三日に及ぶ強化化学療法のあと、ルビーは帰宅した。体重が十五ポンド近く落ちていた。何度も繰り返される脊椎穿刺のせいで、背中に針の跡がいくつもあった。肌にはアンキロサウルスの皮膚を思わせるまだら模様がある。それから一か月もしないうちに、ルビーは風船のようになった。ビンクリスチンを服用しているせいか、一日じゅう食べるのをやめられない。それがルビーを苦しめていることに、ほかのだれも気づいていないのだろうか、と思った。枕には髪の毛の束がいくつも落ちている。夕方には、透きとおった金髪の塊が居間の床のところどころにあり、わずかな風でも転がった。ルビーは顔に痛みがあるようだった。少しでも感染が見られたら、また病院にもどらなくてはいけない。外へ出るときはいつも医療用マスクをした。自由に人混みを歩けるようになるには、多形核白血球の数値が千を超える必要がある、と医師たちから言われた。

週に三回、ぼくたちはルビーの化学療法と血液検査のために車で三十分かけてトロント小児病院へかよった。みんな、数値を気にするようになった。ルビーが処置を受けているあいだ、待合室でじっとしていた。医師の説明によると、ルビーは「中間リスク群」に属するらしい。その年ごろで白血球の数が五万に満たないとき、そこに分類される。世界最高の専門家たちが治療してくれている、と楽天家の父さんは言った。「いまこうしているあいだにも、治りかけているさ」診療が終わる直前になると、いつも父さんは外へ出かけ、帰りの車中で食べられるようにと〈ティム・ホートンズ〉のドーナツを一ダース買ってきた。

その冬、わが家は病でもろくなった。全員が寒さに凍えた。ルビーは、さわると言われただけで痣ができるように見えた。かつてルビーに空を飛ばせていた筋肉は、もうどこにもない。目や歩き方を見れば、この数か月がルビーの体にどんな仕打ちをしたかがわかった。革同然の手に負けじと、背中が老女のように曲がっている。飛び跳ねて歩くこともない。かつて清らかで強靭だった小さな体は、見るも無残なありさまだ。行く先々に残す髪の束は、透明の釣り糸がからまった玉のようだった。

母さんの裁縫室からは、何枚もの上掛けが魔法の絨毯のように飛び出していった。暖炉の火は冬じゅう燃えさかっていたけれど、どういうわけか、ぼくたちの血管に居すわる冷たさを和らげなかった。早春の嵐が訪れて去っても、父さんは気づきもしなかった。気象センターの人から電話があり、ガナラスカ川の橋を引き裂いた竜巻をなぜ見逃したのかと尋ねてきた。父さんが事情を説明すると、もうだれも電話してこなくなった。

三月、化学療法をはじめて三か月が経つと、維持療法が開始された。ルビーが十四歳の誕生日を迎える直前のことだ。ぼくはその夏に十八歳になる。いろいろなことが落ち着きはじめていた。月に数日の投薬期間を除けば、ルビーはたいがい元気だった。ぼくは白血病に関する本を読みはじめた。白血病は子供のガンと呼ばれている。病気を理解することで少しでも優位に立ちたい、とぼくは願っていた。おやすみを言う前に、両親のベッドにそれらの本を置いた。嵐を追いかけていたころの父さんの口癖を思い出した。イン・スキエンティア・エスト・サルス――知識があれば安全。それがまちがいであることは、もうわかった。でも、ぼくにできることはほかにない。学び、覚えること。母さんは毛布をたくさん作ってルビーを守ろうとした。毛布は皮膚のようにルビーを包んで保護する。父さんは仕事から帰るとすぐにベッド脇の椅子に腰かけ、娘が眠りに落ちるまでそばについていた。おじいちゃんは衰えゆく体の許すかぎり、キングストンから列車に乗って会いにきた。ぼくが図書館で借りる本のなかには、進化に関する本もまだ多くあった。

ぼくはシカゴ大学への出願をすでに終え、ゆくゆくは名高い気象学者のフジタ教授のもとで最新の気象学を学びたいと思っていた。けれども、そのころには悪天候への興味が下火になり、古生物学に夢中になっていた。ダーウィンの『種の起源』を細部まで読みこみ、過去百十九年のあいだに生まれたあらゆる学説とそれに対する反論を検討した。時の流れを背景にして、自分たちのちっぽけな命にも何かの法則が浮かびあがることを期待したのだった。

そして、しばらくはうまくいった。一年もしないうちに、治療の効果が表れはじめた。ルビーは力を取りもどした。髪も生えはじめ、金色の巻き毛が復活した。冬の半ばには、完全寛解への道を歩んでいるように見えた。白血病性芽球の数値も底に達しそうだ。血液検査を毎週受け、化学療法は徐々に終わりに近づいていた。ぼくは気持ちがおおらかになっていた。祝いたい気分だった。ルビーがただの外来患者となってから二度目の春、ぼくは募金活動をおこなって〈マーチ・オブ・ダイムズ〉[*2]に寄付をしようと決めた。溺死防止浮遊法の世界記録を更新する計画を立て、そのうちに資金援助者さがしをはじめた。

川

ルビーのガンとの闘いを振り返った一週間後、ぼくはジョシュア川の岸辺にある市民プールで記録に挑戦した。百年以上ぶりとなる洪水被害をこの小さな町にもたらすことになる春の雨が、朝から降りはじめた。やがて川の水位が上昇してきた。新記録を出せばじゅうぶんな金を出すと約束してくれた人の名簿は、ぼくの腕の長さに達している。ギネスにはもう連絡ずみだ。破るべき記録は、一九六七年の三十一時間二十五分。日曜日の午後まで持ちこたえればいい。試算はすんでいる。寄付金は八千ドル足らずだが、記録更新なら二倍ほどになるだろう。でも、洪水の発生までは計算に入れていなかった。

その日の朝、両親が来て、ぼくと妹の幸運を祈った。学校の友達のアリシアや、寄付を約束してくれた六人もいる。みな外出着姿で現れ、雲に覆われた空のもとでコンクリートのプールサイドに立って、プールをのぞきこんだり、驚いた表情で首を左右に振ったり、ぼくとルビーの背中を軽く叩いたりした。ぼくはすでに水着に着替え、赤みがかったレンズのゴーグルを首からゴムでさげていた。生ぬるいそよ風が吹き抜けるなか、母さんが身を乗り出してぼくにキスをした。

「うまくいきますように」母さんはそう言って、もう一度キスをした。「達成できなかったとしても、だいじょうぶ。そのときは何かほかの方法を考えましょう」

だけど、ぼくは達成したかった。この挑戦をするのが当然に思えた。父さんは〈オークヴィル・セーリング・シップス〉という、港のそばのヨットを製造する会社で働いている。レースにはもう何年も出ていないけれど、炉棚に飾られたトロフィーをときどき手にとっては、それにまつわる話をする。こういう日に二十ノットの風が西から吹きつけて、ふたり乗りのスクーナーヨットが水面から浮きあがりそうになった、などなど。ローマ・オリンピックのドラゴン級の話はかならず出た。父さんは水と風に関係するすべてを愛している。休暇に出かければ、いつも海をめざす。湖で

＊2――一九三八年に発足した小児麻痺などの救済募金運動。

は、だれよりも早く爪先を水に浸す。家では、夕食の時間になっても最後までプールから離れない。ぼくは父さんのそういうところを引き継いだと思っていた。溺死防止浮遊法もその延長にすぎない。ぼくの血管に流れているものだった。

一方、ルビーの体には何か別のものが流れていることをみんなが知っていた。両親はルビーの貧血を心配していた。本人は失った体重を取りもどし、髪の毛ももとどおりになっていた。遅れを取りもどすため、サマースクールにかよう予定だ。医者のリー先生からは、治療には運動が欠かせないと言われている。両親は二、三時間おきにぼくの様子を見にくるつもりでいた。ルビーはここに残り、学校の友達三人といっしょに監視役をつとめる。これは健康回復の一環だとも言える――長く遠ざかっていた生活に復帰するための。

「ルビーのこと、注意していてね」母さんはぼくを抱きしめながら耳もとでささやいた。曇り空でもぼくたちはこの挑戦をやめないと、母さんにはわかっていた。母さん自身も、ルビーをふたたび世界に解き放ってやりたいはずだ。たぶん、これがその総仕上げとなる。母さんがルビーを胸に引き寄せて抱いているあいだ、父さんとぼくは握手を交わした。

「忘れるな――呼吸をコントロールするんだ」父さんが言った。「そして、頭をすっきりさせろ」人差し指で自分のこめかみを軽く叩く。「ふたりぶんを考えるんだから」そう言って、ルビーのほうへ少し顔を向けた。

その朝は、オークヴィル公園施設管理課の職員も来ていた。大柄な男で、青いトレーニングウェアを着て首から笛をさげている。別の職員と交代するまでここにいるはずだ。担当の職員は五人いて、ぼくが水中にいる三十時間余りのあいだ、だれかがここにいることになっている。ぼくがプールの壁や底にふれたり、不正を働いたりしないかを監視するためだ。

プールへはいり、真ん中まで泳いで向かう途中、一滴目が水面を転がるのが見えた。最初はゆっくりだった。その後、両親と支援者がみんな帰ると、本降りになった。大粒の輝く玉がつぎつぎと頭を叩く。大柄な職員は、更衣室の入口にわずかに張り出した庇の下へ逃げこみ、乾いたコンクリートの一画で三十分にわたって新聞を読んでいた。袖で銀色の笛を磨くのを、ぼくはプールの真ん中から見守った。職員は雲を見あげ、一瞬ためらう。それから、たたんだ新聞で頭を覆って、自分の車を置いた駐車場へ駆けていき、そのまま車で走り去った。

ジョシュア川は、プールからわずか百フィート北方のヴァレー・パークを流れている。更衣室の入口からは、谷間を蛇行してカーブの先に消えていく川が見える。一マイルほど下流で、黒い腹の中身がゆったりとオンタリオ湖に注がれる。この朝、プールのすぐそばに架かった橋を水中から見やると、五、六人の少年が先のとがったホッケー用のスティックを持って産卵期のヌメリゴイを追っていた。橋の下で水面を突き進んで群れのなかの一匹に刺したあと、その哀れな魚を道路へほうり投げ、通り過ぎる車に轢かせて遊んでいた。

笛を持った男が去ったあとは、ルビーとアリシアだけが残った。アリシアは十三年生の微積分のクラスでいっしょだった。冬にはルビーの見舞いに何度か付き合ってくれたことがある。ふたりはいま、飛びこみ台に並んで腰かけ、体を揺らして互いに肩をぶつけ合いながら、舌で雨粒を受け止めたり、ぼくに向かって歌ったりしている。ルビーはときどきプールサイドを歩きまわり、足を蹴りあげて逆立ちをしては、雨に打たれるままになっている。アリシアは『嵐が丘』の一節を読みあげたり、ごみとりネットを使ってプールから、刈った草や飛んできた落ち葉をすくいとったりしている。しばらくして、段ボールと合板でできた時計の文字盤をアリシアが動かした。記録までの残り時間をぼくに知らせるために、ルビーが作ったものだ。時計は飛びこみ台の右脇に置いてあり、固定された真っ赤な矢印の下で、0から31までの数が貼られた文字盤が回転する。最後の31が目標の記録だ。ルビーは色画用紙の数字が雨に流されないように、時計を傘で覆っていた。

三時間ほど経つと、少年たちが川からあがって、橋の上に集まりはじめた。ひとりが持つスティックの先には生きた魚が突き刺さったままで、雨に打たれて悲しげに体をばたつかせている。

ぼくは息を止めて水中をのぞき、プールの底でもがきながら這い進むミミズの数をかぞえた。また顔をあげると、飛びこみ台の銀色の手すりにアリシアが別の傘を載せてバランスをとろうとしていた。赤い布地のドームがふたりの頭上にできる。ぼくはもう一度体の力を抜いて下を見た。色つきのゴーグルが、死にゆくミミズたちの動きをあたたかく柔らかなピンクに染めている。周囲の水面は雨水で分厚く覆われている。うつ伏せで漂っていると、雨の小さな指が背中を激しく叩くのを感じた。ぼくは顔をあげて息を吸いこんだ。「ずっとつづくのかな」言ったあとで、ルビーの白血病を指しているように聞こえた。「雨のことだよ」ぼくは言いなおした。

きっと、すっかり消える。ルビーが病気だとわかった日に、家族みんながそう言った。プールの汚い水を濾過でもするかのように。ルビーはいま、ビーチパラソルの下で膝をかかえてすわっている。ぼくの目はその足とちょうど同じ高さにある。五年間再発しなければ、完全寛解だ。ルビーはまだ一年も経っていなかった。それでも、医者たちによると、めざましい回復ぶりらしい。神に祝福されている。以前の姿にもどったようだ。見ていると、ルビーは更衣室の張り出した庇の下で、また地面を蹴って逆立ちをはじめた。上下逆さまのままぼくを見つめ、じっと動かずに笑っている。それから体勢をもどし、体の後ろで腕を伸ばして、トロントでの代表選考会のときのように胸を張った。

プールを囲む木々が雨の重みで頭を垂れ、葉は春らしく深みのある濃い緑に色づいている。水面では雨がとめどなくしぶきをあげている。ずぶ濡れになった男の子ひとりがフェンスの前に現れ、金網に指を引っかけた。しばらくぼくたち三人をまじまじと見つめ、それから口を開いた。

「なんでそこにいるの?」男の子は尋ねた。

数か月前、なぜ競泳の記録に挑戦しないのかとルビーが訊いてきたとき、ぼくは〝死体浮き〟こそ思慮深い人間のすることだと答えた。ふたりでバッグチェアに体を預けながら、ぼくは自分の計画について話した。それから立ちあがり、テレビを消した。大事なのは忍耐と希望で、速さじゃない、とぼくは説明した。希望を持つことの大切さをルビーの闘病中に学んだんだ、と。水中では、救助を待つあいだ、さまざまなことを考える時間があるし、それに人生では希望がいくらあっても足りない。ルビーが一年半を耐えきったいまだからこそ、願いは尽きない。

「偶然やったんじゃ、記録にならない」ぼくは言った。「湖の真ん中をふらついてたやつが、港湾パトロール隊によって三日後に引きあげられた、なんてのは認められない。証拠が必要なんだ」そして、ルビーに監視役になってくれないかと頼んだ。「大きな目的があるんだよ」

「どんな?」ルビーは言った。

「おまえが二度と病気にならないようにすること」

ルビーはその春、練習に付き合ってくれた。プールでの練習と学校の授業の合間に、ぼくは支援者さがしをした。学校じゅうの生徒や先生たちに声をかけ、一時間あたり一ドルの寄付を頼んだ。ほとんどがルビーを知っていた。そのころには、入院していたことが知れ渡っていた。歴史の先生は、一時間につき五ドル出すと決め、記録を更新したらその二倍にすると約束した。先生は二年前に自動車事故で息子を亡くしていた。学校で全員に声をかけ終えると、ぼくは地域の人々の家を一軒一軒訪ね、オークヴィルにあるほかのふたつの高校へも出向いた。
二か月以上にわたって準備をし、頼みこみ、歩きまわったけれど、計画に賛同してくれたプールはヴァレー・パーク屋外市民プールだけだった。ほかの施設はどこも責任の問題を持ち出した。中立性を保てないから、自宅のプールは使えない。それに加え、プール開きは七月だという問題もあった。そこで、予定より一週間早くプールを開放してもらえないかとヴァレー・パークの関係者に頼みこんだ。はじめは渋られたけれど、校長先生があいだにはいり、だれかが〈マーチ・オブ・ダイムズ〉にこの募金活動の話を伝えてくれたおかげで、プール側は態度を変え、プール開きの前倒しに加えて、結局はたった二時間で去っていくことになる、笛を持った大男の派遣を決定した。

なんでそこにいるの、と尋ねてきた男の子は、そのあともしばらくフェンスのそばにたたずんで、ぼくが招き入れるのを待ってでもいるのか、退屈そうに泥だらけの地面を蹴っていた。ぼくは自分の姿がどう見えているのかと想像した。ちょっと変なやつにちがいない。雨の降りしきるなか、こんなふうにプールで体を上下させているんだから。それも、死骸みたいに漂っている。ぼくは水面のごみをすくっているルビーのほうを見やり、妹が乗り越えてきたものに思いをはせた。それから大きく息を吸い、両肩のあいだで頭を垂らした。視界の端で、ごみとりネットが水面を掻き乱すのが見えた。プールサイドに立つルビーの姿がゆがんで水面に映り、それが雨に打たれている。脚はぐにゃりとねじ曲がって見える。ぼくは顔をプールの底へ向け、脊椎穿刺や化学療法がおこなわれる前のこと、金髪の抜け毛が毎朝ルビーの枕に集まりはじめる前のことを思い出そうとした。また顔をあげると、ヌメリゴイを殺して遊んでいた少年たちが、先のとがったホッケーのスティックをライフルのように肩にかついでフェンスの前に立っているのが目に留まった。ひとりは魚を刺したままだが、その魚はもうびくともしない。さっきの子は姿を消している。少年たちは無言で肩を叩き合いながら、ただこちらを見つめていた。

午前中ずっと、雨は降りつづいた。開始から四時間が経ち、雨が煩わしくなってきた。そちらに意識が向きはじめた。息を吸おうと水から顔をあげると、しずくが眉間から鼻へ転げ落ちて、くすぐったい。でも、ぼくのしていることに影響はなかった。雨はあたたかい。プールの水よりは冷たいけれど、じゅうぶんな温度だ。着替えをすませたアリシアとルビーは、立ち去った職員が新聞を読んでいた庇の下で、あたたかく乾いた服に身を包んですわっていた。

五時間が過ぎたころ、父さんがフェンスの前に現れたので、ぼくを迎えにきたのかと思った。右手に大きな緑色のごみ袋をさげている。庇の下からルビーが傘を差して出てきた。ぼくはプールの端までゆっくり泳いでいった。

「おじいちゃん《オーパ》の医者から電話があった。肺に水がたまっているらしい。これをとれ」父さんはルビーに向かってフェンスの向こうから袋を投げた。「母さんが急いで用意した。防寒着だ」金網に指をかける。「母さんといっしょにキングストンへ行かなきゃならない」そこで話すのをやめ、不審そうな顔になる。「コワルチュクさんはどこだ」例の職員のことだ。

「トイレ」ぼくより先にルビーが答えた。

「これがキングストンの病院の電話番号だ。五〇四号室」父さんは金網に紙切れを通して渡し、それから指を伸ばしてルビーの顔にふれた。「雨に濡れないようにするんだぞ、いいな」

そして、ぼくにも声をかけた。「万事順調か？」父さんが自分の父親を心配しているのが見てとれた。キングストンにひとりで暮らすおじいちゃんは、かつてはセーリングの選手だったが、いまでは弱っていた。父さんがおじいちゃんの病床にたたずんで、息差しに劣らず弱々しく痩せ衰えた手を握る姿を想像する。ぼくが両手の親指を立てると、父さんは悲しげに微笑み、それから建物の角を曲がって姿を消した。

夕食どきになり、ぼくがフルーツジュース二本を飲んでグラノーラバーとトレイルミックスを食べたあと、夜番の友人たちがやってきて、アリシアとルビーと交代した。マイクとスーザンは、カールスバーグの十二本入りパックとギターを手にかかえていた。ふたりは建物の横からピクニックテーブルを持ってくると、ビーチパラソルを取りつけてその下に腰をおろし、ビールを飲んで騒いで、ぼくのほうへ栓をはじき飛ばした。

「おい、ふざけるな」片手を伸ばして頭を防御しながら、ぼくは言った。「やめろよ。〈ライク・

ア・ハリケーン〉を弾いてくれ」すでに投光器に明かりがともされ、プールにまるい光を落としている。一本目のビールを飲み終えると、マイクがギターを鳴らしはじめた。光を浴びた雨が層を成して落ちてくるのを、ぼくは見守った。これまでずっと、体力を温存しようとつとめてきた。それがなんのためだったのか、いまではわかる。感じとれる。まだようやく半分を越えたところだ。水位はプールサイドの高さにまで上昇している。音楽に合わせてマイクが足を踏み鳴らすたびに、小さな水しぶきがあがり、プールの中心にいるぼくのところまで飛んでくる。マイクが歌い終わると、ぼくはスーザンに、管理室へ行ってヒーターを少し強めてきてくれないかと頼んだ。少しずつ水が冷たくなっていた。

ふたりがビールを一本飲むごとに、ぼくはオレンジジュースを一本飲んだ。夜中になると、アリシアとルビーが建物からもどってきた。雨はまだ降っている。ぼくが夜通しがんばれるよう、励ましにきただけだろう、と思った。ところが、急いで帰るふうではない。

「できるだけ長くいるつもりよ」ふたりのあいだに一本の傘を差しながら、アリシアが言った。

「でも、スーザンとマイクがいるさ」ぼくは言った。「徹夜はできないだろう?」

「ママとパパに電話したの。おじいちゃん《オーパ》はだいじょうぶ。だけど、ひと晩入院させるんだって。あたしはもう寝るって伝えた。ふたりはあした帰るって」

ルビーはアリシアといっしょにピクニックテーブルにのぼり、大きなパラソルの下で心地よさそうにすわった。マイクがまたギターを弾きはじめる。そのあいだぼくは、プールの端から数フィート離れたところでずっと浮き沈みしていた。

ルビーが立ちあがって更衣室へ歩いていき、しばらくして水着姿で出てきた。一瞬、プールの横に立ち、手を伸ばして雨を受け止める。それから、ずぶ濡れの体でプールにはいろうとした。

「はいっちゃだめだ」

「先生たちの話、聞いたでしょ？」ルビーは言った。「運動しろって。それに、塩素消毒されてるし」

ルビーが飛びこむと、水はプールサイドまであふれ出た。ルビーは水面へ浮かびあがったあと、また少しだけもぐり、髪が目にかからないよう斜めに顔を出した。そして、こちらへ泳いできた。

「なんともない。見て」ルビーは言った。「まだ生きてるよ」

ぼくたちはいっしょに、難破船から海にほうり出された死体のように漂った。マイクのギターが奏でる音楽が水中に響き渡る。両手をひろげたルビーが、頭上からの光を浴びてぼんやりし見える。ぼくたちはプールの底をのぞきこんだ。息が切れると、ルビーは顔をあげた。

「宇宙を漂ってるみたい」あえぎながら言った。

ルビーはもう一度軽く頭を沈め、両脚を空中へ蹴りあげて、すぐに水の裂け目から中へ滑りこんだ。ぼくは息を止めて下を見た。ルビーは水底にとどまって、仰向けで泳ぐために両腕で水を横に掻いている。クレーターだらけの水面に浮かぶぼくを見あげて、ルビーは微笑んだ。それから力強く浮きあがって、息を吸った。

ちょうどそのとき、左にある谷間の暗闇から、くぐもった轟音が鳴り響いた。少年たちが魚を殺していた橋の向こうだ。マイクがギターを弾く手を止めた。

「聞こえるか」マイクは言った。「川の音だ」ビールの栓をこちらへはじき飛ばす。「いい兆しじゃないな」

プールサイドには空き瓶が山積みになっていた。ビールを包装していた厚紙が水浸しになって、スポンジのようにふくれている。プールサイドの排水溝は、あふれた水を吸いこめるだろうか。

「これを見ろ」マイクは言い、プールサイドの空き瓶のひとつを足で突いた。瓶はコンクリートにぶつかっても音を立てない。それは上下に揺れてわずかに向きを変え、数フィート流れたところで、何かにあたって止まった。「公園全体が水に一フィート浸かってるんだよ」

「みんな、ここから出たほうがいいと思う」ぼくは言った。時計は十六時間経ったことを示している。「あと半分だけだ」ちょうど夜中の十二時を過ぎたところだった。

「ひとりだけ置いていけないよ」スーザンが言った。

「これ以上濡れたって同じだし」ぼくの右肘あたりで泳いでいたルビーが言った。

「おまえはもうそろそろ出なきゃ」ぼくは言った。

「見て。小降りになってきた」アリシアが言った。

水面はプールサイドを越え、フェンスの向こうまでひろがっていた。それでも、さっきのように雨で泡立っているわけではない。降りつづけてはいるものの、前ほどの激しさはない。

この一時間、かすかな水流を感じていた。プールの中心から、空き瓶が流されていった方向へ引っ張られている。ルビーはまだ元気があり余っているから、それに気づかないんだろう。底のほうは最初と変わらず穏やかだけど、水面はオンタリオ湖へ向かって動いている。顔に吹く風と同じくらいはっきりと、それを感じた。更衣室の入口の上に設置された投光器の明かりを浴びながら、水がコンクリートブロックの建物の角を曲がり、増水した川の水圧でメヒシバの茎がかすかに揺れている。

「大事な目的があるんだから」スーザンが言った。「あたしはずっとここにいるつもり」ぼくたちはみな、ルビーに目をやった。

ルビーはぼくのかたわらで、溺れかけた木のように、眠る湖を漂う流木のように、あふれた水面にとどまっていた。

朝になって太陽がのぼると、前日の記憶とはちがう景色がひろがっていた。雨はやんでいる。でも、見渡すかぎり水と木の枝ばかりだ。芝生もなく、歩道も車道も砂利道もない。土手の上にあった家々や自動車は無事だが、土手から伸びて橋を渡る唯一の道が水浸しだ。何もかも水に沈んでいる。滑り台つきぶらんこや雲梯のてっぺんが水の上に出て、漂流するものを堰き止めている。夜通しぼくは、プールの水位が上昇しつづけるのを静かに見守っていた。ルビーは一時ごろにプールからあがり、アリシアとスーザンといっしょに更衣室へ行って、睡眠をとった。マイクはぼくに付き合って、プールサイドに残った。川の水は更衣室のある建物の外壁を着々と覆っていき、揺れ動いていたメヒシバは一本も見えなくなった。夜のあいだずっと、ぼくはプールの南端へと、水があふれ出す方向へとゆっくり引っ張られていた。何時間にもわたって、注意深く水流に抗いつづけた。夜が明ける直前、こすれるような低い音がしたあと、鈍い音が響いた。太陽が顔を出すと、フェンスの向こう側で半分水没したメリーゴーラウンドやぶらんこの残骸が見てとれた。そのとき、鈍い音がどこから来たかわかった。プールを囲むフェンスが、記憶にあるよりも低くなっている。夜のうちに、新聞紙の山や濡れた葉や木々の枝が洪水のせいでたまっていき、フェンスはその重みで流れの方向へ数フィート押し曲げられたのだろう。更衣室のある建物がぼくにとっての防波堤の役割を果たし、川のなかの大きな岩のように、周囲の水の流れをゆるめている。ぼくがまだここにいられる理由は、それ以外に考えられない。

朝七時に、マイクからグラノーラバーとジュースを受けとった。いっしょに朝食をとりながら、マイクは公園を見渡した。「ひどいな」マイクは言った。「この一帯全部が水浸しだ。うたた寝しちまったらしい。おまえはだいじょうぶか」

ジュースの瓶を水に浮かべたぼくは、それがプールから出てプールサイドを越え、フェンスの破れた部分を抜けていくのを目で追った。瓶はおもちゃの船のように流れに乗り、ほかのがらくたとぶつかった。新聞紙の束、古い椅子、ビニール袋、木の枝、カモメの死骸。川が百ヤード下流で曲がるすぐ手前で、ルビーの作った時計が木に引っかかっている。ここからは遠すぎて文字盤の数字が見えない。

「あの更衣室の建物がなかったら、ぼくは流されてたろうな」

「居眠りしてごめん」マイクが首を左右に振りながら言った。

「最後までやりとげたい。それだけだよ」

がらくたは水の流れに乗って、フェンスの残骸のすぐ外を漂っていく。マイクはプールサイドをなんとか歩いて渡り、女の子たちを起こしにいった。膝まで水に浸かりながら出てきた三人は、ことばを失って目をこすっている。全員がピクニックテーブルの上に乗った。朝食のあと、ルビーは更衣室へもどり、また水着姿で現れて、ぼくのいるプールに飛びこんだ。

「調子はどう？」ルビーは近づいてきて言った。

だいじょうぶだ、とぼくは言った。ルビーはプールの端まで泳ぎ、トレイルミックスを掲げて水を掻き分けながらもどってきた。

「こうなってもまだ有効かな」ぼくは言った。「記録のことだけど」

「当然でしょ」

「ほかにだれもいないんだぞ」ぼくたちは手脚をひろげ、ゆっくりと水中に円を描いて浮かんだ。

「中立の立場の人間がいない」

「信じてもらえるよ。四人も証人がいれば」

「でも、みんな、ただのガキだ」ぼくは言った。沈黙が訪れる。

ルビーが考えをめぐらしていると、マイクが大声で、ギターが流されたと言って悪態をついた。

「時計もよ」さっきナラの木に引っかかっているのが見えたあたりを指さして、スーザンが言った。

ぼくは瓶をもう一本手放し、それが水流のなかでまわりながらフェンスの穴を通り抜けていくのを、ルビーとふたりで見守った。ぼくはもう一度流れに逆らって泳ぎはじめ、更衣室の建物の近くに達した。ルビーもついてくる。「夜のあいだずっと、こんなふうに流されてたの?」

「どんどんひどくなってる」ぼくは言った。息切れがする。「何時だろう」

「七時三十五分」スーザンが叫んだ。「あと六時間ぐらいで記録に並ぶ。あとはおまけだね」

ぼんやりかすんだ太陽がのぼると、ぼくはプールの色が変わっていることに気づいた。いままでは水が茶色で、きのうのような塩素消毒された完璧な青ではない。まだ底は見えるものの、水は濁っている。そのうえ、きのうより冷たい。

「やるのね？」ルビーが言った。流れがさらに速くなっている。体が引っ張られるのを感じた。プールサイドでは、ピクニックテーブルの前にある椅子の高さにまで水が上昇している。マイクが男性用の更衣室から椅子を三つ運び出してきて、建物の壁を縦に伝う雨樋の前に積み重ねた。はじめにマイクが屋根へのぼった。それから腹這いになって腕を伸ばし、スーザンを、つぎにアリシアを引きあげた。

「見捨てられるなんて思うなよ」こちらに向かってマイクが言った。「監視員は特別に見晴らしのいいところにいなきゃいけないんだよ」

「ルビー、おまえもあそこへ行くんだ」ぼくは言った。

けれども、ルビーはただ両腕を頭の上にあげ、水中へもぐっていった。ぼくははじめてルビーのあとを追ったが、このときも底には手足がふれないよう気をつけていた。失格にはなりたくない。曲がったビールの栓ふたつや、溺れ死んだミミズの塊の数インチ上で体を漂わせ、浮きあがらないように両手を上向きに掻いた。ルビーは背を弓なりに反らして首を後ろに引き、くるりと体をひるがえした。片手で逆立ちをしてみせる。ぼくは頬をふくらませながら、水中のゆるい動きで拍手をした。そのとき、体がプールの底にぶつかり、押されたり引かれたりするのを感じた。急に何かが変わった。ルビーはバランスを崩してひっくり返った。ぼくたちは顔を見合わせ、脚を蹴り動かして浮かびあがろうとしたが、一気にプールが深くなっていた。一瞬にして、空気までの距離がひろがった。まるで谷の上の大きな水門があけ放たれたかのように、ほんの数秒前よりはるかに深いところにいる。ぼくたちは互いの手をつかんで、回転したり身をよじったりしながら、上をめざしてもがいた。背中がコンクリートにこすられるなり、ぼくたちは手をつないだままプールの外へ押し流され、壊れたフェンスを越えて、川の大きな流れに引きこまれたあと、あえいだり手脚をばたつかせたりしながらようやく水面に顔を出した。「手を離すなよ」ぼくは言った。口のなかが川の水でざらついている。ぼくたちは一瞬のうちに、冠水した公園の中心まで流されていた。水底を足で探ったけれど、何もない。家々は高台に建っていて、洪水の影響を受けていなかった。泳いでめざせそうな場所はどこにもなく、あるのは漂白剤のボトルや小さな木片やごみの塊だけだ。

湾曲部を過ぎると、背の高いナラの木にはさまったあの時計が目にはいった。色画用紙の字はすっかり洗い流されている。赤い矢印の先には何もなく、闇を差す指のようだ。ナラの木までたどり着いたぼくたちは、力を合わせて時計の上に這いあがろうとした。少しは支えになるだろう、とぼくは思った。ところが、合板の上にのぼりかけたところで時計が木からはずれ、ぼくたちは川へ逆もどりして、小さくゆるやかな渦を巻きながらまた流されはじめた。土手の上の家々が、はるか遠くの手の届かない島のように過ぎ去っていく。湾曲部を抜けた先では、レベッカ通りが川と平行して走っていて、流れは穏やかだが氾濫原がひろがっていた。道路標識がカエデの木々のあいだからいくつか顔を出し、谷間を見おろしている。この速さなら、あと数分で港に出るだろう。溺れるはずがないのはわかっていた。しかし、ルビーが心配だった。母さんがこのことを知ったら、洪水が娘を脊椎穿刺や強化化学療法の日々に引きもどすのを恐れるのではないか、とぼくは思った。

火曜日の朝、ぼくたちはキングストンの墓地におじいちゃんを埋葬した。一時はおじいちゃんの体調もよくなったように見えた。けれども、急にまた肺に水がたまり、手の尽くしようもなく死んでしまった。いまでは、父さんにはぼくたちと姉しかいない。ほかの親族はみなこの世を去った。

ぼくたちはおばあちゃんの隣におじいちゃんを埋めた。その日はカリフォルニアからマリアンおばさんが来ていて、動きにくそうに松葉杖にもたれながら墓の前に立っていた。牧師の話が終わると、ぼくたちはそれぞれ父さんのあとにつづいて銀の匙で小さな桶から土をすくい、おじいちゃんの棺に撒いた。自分の番を終えたぼくは、父さんの隣に並んだ。

マリアンがルビーの腕をとり、顔にかかっていたひとすじの髪を払ってやった。母さんはルビーの肩をつかんで体を支えた。ルビーは穴のなかへ土をさらさらと落とす。ぼくは頭を垂れた。ゆっくり落ちていく砂時計の砂のように、土が棺の中央部を覆っていくと、ぼくの襟足の毛が逆立った。マリアンが穴から離れて芝生を渡りはじめ、脚の装具の金属音が鳴り響いた。

結末

その秋にルビーは学校へもどり、十月には体操にも復帰した。ぼくは父さんの店で働き、翌年シカゴへ発つためにお金を貯めていた。おじいちゃんが死んだあと、静かな冬を迎えていた。とはいえ、十二月にはルビーの練習が少しずつ再開された。モスクワということばがルビーの口から聞かれるようになった。ぼくたち家族は、また自由に呼吸するようになった。ルビーが行けない理由はない。つぎのオリンピック代表の選考まで、まだかなりの月日がある。ボリスはそのことについて、両親と、そして小児病院の医師たちと相談した。どこまで強くルビーの背中を押していいのかを、ボリスは知りたがった。母さんは唇を噛んで眉をひそめたけれど、医師たちは、回復期にある患者にとっては日常を取りもどすのがいちばんだと請け合った。運動が回復を助けてくれるだろう、と。赤血球の数値は正常で、貧血を起こす恐れは皆無に近かった。

その冬、体操の小さな大会があった。ルビーは観客席で見ていた。まだ万全ではなかったからだ。ルビーの頭上で友人たちが宙を舞い、ひねりを披露した。ルビーは嫉妬などしなかった。さらに熱心に練習に打ちこんだ。段ちがい平行棒に取りかかる前に、演技を何度も頭に描きなおし、以前よりも高く飛んだ。「燃料を入れなおしてるの」ルビーは言った。いくつもの雲が頭のなかを駆け抜けていた。

体への期待で、心が浮き立っていた。二年近くに及ぶ治療と回復期間を経て、ルビーは六月にふたたび空を飛んだ。両親とぼくは夕食前にピクニックテーブルの席にすわり、ルビーが試しに宙返りや逆立ちをしたり、腰を落として開脚したりするのを見守った。まるでそれらを生まれてはじめてやりとげたかのように、ルビーは顔を輝かせた。

「気をつけるのよ」心配というよりはいつもの習慣で、母さんは声をかけた。

「おい、鳥娘」ルビーがようやく席につくと、ぼくは言った。「おまえもぼくも、もう言いわけする必要はないよな」

「ない《ニェット＊3》」ルビーはそう言って、父さんの胸にもたれかかった。進化の過程ですこしばかり後退はあったけれど、ぼくたちはまた軌道に乗っていた。一年半にわたって毛布を縫いつづけた母さんは、また服を仕立てはじめた。父さんのヨットは、だいぶ前に起こったセントルシアでの沈没事故のあと、一度も問題を起こしていない。ぼくたちの夏は、世界へ向けて帆を入念に調整したレーザー級ヨットが完璧な風と水を切り裂いて進む音で満たされていた。

夏には、二年半ぶりにルビーが大会に出場した。オンタリオ選手権で、床と跳馬の金メダルをとり、個人総合では銅メダルを獲得した。それを家族みんなで観戦した。母さんですら、モスクワへ

＊3——「ニェット」はロシア語。英語の「ノー」にあたる。

の旅行を考えはじめた。小児病院の医師たちの見立てでは、まもなくルビーは完全寛解を迎えるだろうとのことだった。ぼくは一か月後にシカゴ大学へ発つつもりだった。

七月、大会の一週間後に、ルビーは喉の痛みを訴えた。二日間、咳が出つづけた。週に一度の検査のために、両親がトロントへ連れていった。その日の朝、出かける三人を見送ったぼくは、水着に着替えてプールへ飛びこんだ。百往復泳いだあと、深い側の真ん中で動きを止め、肺いっぱいに空気を吸いこんで腕を伸ばした。水のなかをのぞきこんだ。死ぬというのはどんな感じなんだろう、と考えた。たぶんこんなふうに、何かの表面の上と下を同時に漂う感じに近いんじゃないだろうか。一度にふたつ以上の場所にいるということだ。ぼくは水中に垂れさがる自分の脚に目をやった。水没した木の枝のように動かなくて、自分の一部ではなくなったような気がする。結局、記録を破ることはできなかったけれど、三千ドルを超える寄付金が集まった。ぼくは足の爪先を揺らしながら、動きをながめた。これは思慮深い人間の遊びだと思った。生と死のはざまを漂っている。

二時間後、私道に車を乗り入れる音が聞こえた。ぼくはプールをゆっくり泳ぎながらクールダウンをしているところだった。ルビーが家の裏へまわってスニーカーを脱ぎ捨て、芝生に腰をおろした。ビー・ジーズの歌を口ずさんでいる。それから、水着に着替えるために二階へあがった。

母さんと父さんが裏庭へやってきて、プールサイドにすわった。父さんは身を乗り出し、指を水に浸した。「あたたかいな」そうつぶやいた父さんは、何か考えているらしい。「ピーター。ルビーは寛解を維持できなかった」

「でも、芽球は全部なくなったって、先生たちが言ってたじゃないか」

「再発したんだ。ほんのわずかな数でも、白血病細胞はまた全身を乗っとる力があるらしい。赤血球の数が急減した。いまは貧血を起こしている。だから咳が出るんだ。もう一度寛解をめざすなら、手術をしなくてはいけないとリー先生が言っていた。移植手術だよ。最後の手段だ。おまえの腰のあたりから何か採取して、ルビーの体に入れる必要がある」

　ぼくが木のプールサイドに両肘を載せて、頬杖を突くと、真昼の陽光が肩をあたためた。白血病に関する本はもう十冊以上読んだ。これから自分に何が求められるかはわかっている。ぼくは脚を後ろに蹴りあげて、体を水面と平行にした。

「血液が作られる場所よ」母さんが言った。「骨髄って言うの」ぼくの腕にふれる。「ルビーの骨髄細胞をすべて殺して、それからあなたの健康な細胞を入れる。白血病細胞だけじゃなくて、全部壊すんですって。兄弟姉妹からの移植がいちばんいいの。それがいちばん成功しやすい。そのあと、自分でまた血液を作りはじめるのよ。でも、あなたの型が適合するかどうか、血液を調べなきゃいけないって。適合すれば移植できるそうよ」

　そのとき網戸が開き、水着姿のルビーがテラスへ出てきた。病人には見えない。日に焼けて健康そうだ。再発のことを、本人はまだ聞かされていない。ぼくはプールから出た。

「ルビー、またなの」ぼくたち三人のもとへ来たルビーに、母さんが言った。ルビーはそれだけで意味を理解し、プールのへりに腰かけた。水中へ脚を力なく垂らし、泣いた。

翌朝、ルビーは病院にもどって化学療法を再開した。点滴につながれたまま、頭を横向きにして枕に預け、窓の向こうの空を見やった。その晩、また脊椎穿刺がおこなわれた。大きな翼形の針が引き抜かれたあと、看護師がぼくを隣の部屋へ呼んで、採血をした。

一週間もしないうちに、ぼくたちのヒト白血球抗原《HLA》がほぼ同じ型だとわかった。適合したということだ。

そして、放射線治療がおこなわれた。ぼくたちはその様子をビデオモニターで見守った。ルビーの頭は、動かないよう平らな台に固定されていた。ぼくたちのいる小部屋では、そばにいる女の技師がマイクでルビーに最後の指示を与えている。「忘れないでね。ぜったい動いちゃだめ。いい?」ゆっくりと動く重たげな機械の動作音が響く。鉛で覆われたドアには、〝注意——高放射線区域〟と書かれている。技師はぼくのほうを見て、声には出さず口だけを動かし、〝どうぞ〟と言った。

ぼくはマイクに顔を近づけて、読みはじめた。

「〝一八〇二年のある日、マサチューセッツ州サウス・ハドリーでプリニー・ムーディーという大学生が父親の畑を耕していると、三本指の足跡のついた砂岩の板が土から出てきました。それは巨大な七面鳥かカラスの足跡のようでした〟」ぼくはモニターを見あげて言った。「聞こえるかい？どうぞ」少し待つ。

スピーカーから弱々しい金属質の声が響く。「聞こえる」

「〝この不思議なものを目にした人たちは、信心深い想像力を働かせ、その足跡は方舟に乗ったノアが乾いた土地をさがすために放ったカラスのものにちがいないと考えました〟」

「ほんの数分だからな」ぼくに顔を押しつけながら父さんが言った。痛みはともなわないと医師たちは言っていた。ルビーは無力なガリバーのように、大地に縛りつけられている。機械の低い音が止まると、技師は治療室にはいってルビーの体をひっくり返した。それからもどって、また放射線の照射をはじめた。

「〝ノアのカラスの足跡とされるものは、長年にわたって、ほかにもいくつか発見されました。足跡が残っていたのはどれも三畳紀の砂岩で、それは褐色砂岩《ブラウンストーン》と呼ばれ、マンハッタンのタウンハウスの建築に好んで用いられます〟」

「いつか見てみたいでしょう、ルビー」母さんがマイクに向かって言った。「アメリカへ行って、家のなかに埋まった恐竜の化石をさがすのよ」

「これをやめてほしい」ルビーは力なく言った。「どうぞ」

三週間にわたって、こんなふうに放射線治療室で硬い台に縛りつけられる日がつづいた。ルビーの体重は急激に落ちていった。髪の毛もまた抜けはじめた。最初からやりなおしだ。連日の放射線治療。機械が止まったあとも、有害な放射線がルビーの体に残るのかどうか、ぼくは不安だった。火が体内を焦がしているのかどうか。

「どれも無駄にはならないさ」ぼくは言った。「始祖鳥だって、当時は自分が鳥へ進化するなんて思いもしなかったんだ」ルビーの目の下には隈ができていた。体に比べて頭部があまりにも大きく見える。言いたいことがルビーに伝わったかどうか、ぼくにはわからなかった。

「あたし、すごく変なものになりそう」ルビーは言った。「お兄ちゃんとあたしが混ざるんでしょ」

九月になり、移植手術を一週間後に控えたぼくは、シカゴ大学の理学部長に電話をして、家庭の事情を説明した。一週間後に学部長から届いた手紙には、入学延期を認める、ぼくのように家族に尽くす学生を受け入れることができてうれしい、と書いてあった。そこには、白血病の研究や治療の驚異的な進歩を褒めちぎった《サイエンティフィック・アメリカン》誌の記事が同封されていた。学部長の手紙は、〝成功を祈って〟と締めくくられていた。

手術の前に、ぼくはルビーといっしょに空を飛ぶ夢を見た。ぼくはルビーの背中に乗っていた。日の光を浴びたオンタリオ湖が目の前にひろがっていた。ぼくたちは湖へ飛びこみ、もぐっていった。深く深く進みながら、ぼくはルビーの口に酸素を吹きこんだ。海底山脈の尾根には宝箱があり、注射器と白血病の芽球が詰まっていた。ぼくたちは注射器に針を取りつけて、白く濁った液体を薄青い水のなかへ絞り出し、水面から陽光の筋が降り注ぐなか、病に冒された血液が薄まって消散していくのをじっと見守った。

麻酔から覚めて数時間後、ぼくは看護師に歩くよう促された。パジャマ姿のままエレベーターに乗り、足を引きずりながら廊下を渡って、ルビーの部屋へ向かった。着いたときにはもう、ぼくから採取した骨髄のひと袋目がルビーに投与されていた。点滴のときと同じで、ベッド脇の台にぶらさがっているけれど、管が鎖骨のすぐ下につながっている。医師によると、いまのところはすべて順調らしい。ルビーは熱があり、頭がずきずきするという。ぼくは吐き気を覚えていた。副作用については、すべて事前に説明されたとおりだ。でも、骨の痛みはおさまってきた。腰に砂利が詰まっているような感覚がある。色の薄いふた袋目を投与する前に、いくつかの検査がおこなわれた。移植が終わるまでの二時間をぼくたちはそこで過ごし、あけ放たれた窓から午後の陽光が差しこむなか、袋にはいった黄色っぽいピンクの液体が管を通ってルビーの胸へ消えていくのをひたすら見ていた。感染症の危険を最小限に抑えるため、ルビーは隔離されていた。

　一か月後、拒絶反応が起こった。ルビーの体は発疹で赤くなった。ふたりの血を混ぜ合わせたせいだ、とぼくは思った。皮膚が鱗のように見えた。HLA型の問題ではない。ふたりの進化の方向がちがったのだ。ぼくの与えたものがルビーを殺そうとしていた。毎日、父さんは仕事を終えると、ぼくを車に乗せてトロントへ向かった。母さんはいつも病院で待っていた。両親がリー先生と話し合いをするために廊下へ出ると、ルビーは背中を掻いてくれとぼくに言った。ぼくは肩甲骨の下まで手を滑りこませ、背骨に沿って指を軽く上下に走らせた。手の下で乾燥した皮膚が剥がれるのがわかった。「もっとやさしく」ルビーはそう言ったけれど、ぼくはほとんど手をふれていない。検査の結果が出た。〝移植片対宿主病〟というものらしい。皮膚が火照り、下痢のせいで体内の水分がすべて奪われかけている。移植片というのは、ぼくのことだ。ルビーにこんな仕打ちをしているのは、このぼくだ。ぼくの血がルビーを殺そうとしていた。

骨と皮ばかりになったルビーの体からは、肩甲骨が大きな翼のように浮き出ていた。ルビーは鳥並みに小さくなり、意識も鳥のように電柱から電線へせわしく飛びまわった。呼吸は荒い。〝そう、そこを掻いて〟とルビーは言う。それから木の枝へ飛び移る。〝氷柱みたいに冷たい！　ほら、言ったとおりでしょ？〟。そして唐突に悲鳴をあげる。〝うちに帰りたい！　どうぞ！〟。空へ飛び立とうと、最後の力を振り絞っていた。ぼくはルビーの手をとって自分の顔に押しつけ、〝鳥娘〟と言った。

最後の週はなす術もなく、ルビーの思考が飛びまわるのを見守った。ルビーは黒い鉄の風見の上で翼を休め、周囲を見渡したあと、翼と羽を懸命にはためかせて飛び立とうとする。目があいているときには、身震いするほどの高みで得た悟りで瞳が輝いていた。〝悲しいよ。三畳紀が終わっちゃう〟。そう言いながら、鉤爪で空《くう》を掻く。その声は、いまでは手首と同じくらい細かった。〟モスクワまで、あと少し〟。数日間、ルビーの体は看護師や医師の列とともに遠のいていった。いつも両親のどちらかが病院に残り、もう一方がぼくといっしょに帰宅して体を休めた。

「ルビー？」最後の朝、父さんが床にひざまずいて声をかけた。鉤爪の生えたルビーの手が、十四年ほど前、この世に生まれ落ちた日におそらく病院でしたのと同じように、宙を掻いた。小さな体が空へ飛び立とうともがいていた。最後にもう一度、この世界の上を舞おうと力をこめて、懸命に翼をはためかせる。そして静けさがひろがり、ルビーはどこか遠くにいた。そばにいる母さんは、この一か月、涙をこらえながら、娘が速やかに逝くことを願っていた。ぼくたちみんながそうだった。それぞれが考えていることを互いが知っていた。静寂が訪れ、黒い手袋をはめた手がルビーの心臓を覆う瞬間を、いまやぼくたちは待ちわびていた。母さんが何も言わず父さんの隣に膝を突いたとき、ぼくの妹は浮かびあがり、その命は、風に吹かれて暗い水面の上を舞う小枝のように、螺旋を描きながら天へのぼっていった。

V

　観客席からルドルフが見つめる先で、男は小さなスコップで左の靴にちょうど合う大きさの穴を土のトラックに掘っていた。男は腿を伸ばす方向に第二の穴を掘るため、その距離を測った。地面にふたつ目のくぼみをつけ、そこに右足を置いて精度をたしかめてから、どこにおろせば心地よいかを探りあてた。爪先を中に入れて土を掻き出し、穴を右足の靴の形にする。それから立ちあがり、背すじを伸ばした。スコップを下に置いてかがみこみ、まずは左足、つぎに右足の順で両足を穴に入れる。スタートの姿勢をとると、膝が胸にあたった。体を軽く動かし、足裏の母趾球に力を入れて、土が崩れないかどうかをたしかめる。いったん足を抜いて調節する。ほかの走者は、この男の左に三人、右にひとりいて、もう準備ができていた。立ったまま脚を揺らしたり、太腿を叩いたりしている。ルドルフはこの男の集中力に感心した。あわてる気配はない。男はようやく立ちあがり、草に覆われたコースの内側へスコップを軽くほうった。白いスーツ姿の太った係員がすばやく駆け寄り、しゃがんでそれを拾いあげた。スコップは係員が右腕にかかえたバケツのなかへ消える。男は両脚を振り、空を見あげた。

「位置について《アウフ・ディー・プレッツェ》」スターターのかけ声が響いた。スタートの姿勢で待つ五人の男たちは、汗ばんだ腿に血をたぎらせて、土のブロックにしっかりと足を固定している。ルドルフはカメラを構えた。上空では、〈ヒンデンブルク〉号[*1]の影が太陽に鼻の差で競り勝っている。そのモーターのうなりが静寂を裂いて、虫の羽音のように響く。飛行船の影は筋肉の輪郭に沿って大きくなった。

「用意《フェルティッヒ》」

　号砲が鳴った。すぐにもう一発鳴る。ルドルフはシャッターボタンから指を離し、息を吐いた。飛行船が頭上を通り過ぎるなか、男たちは互いに目をそらしながら、歩いてスタート位置にもどった。

V

Severe Weather

荒天

妹のベビーベッドの上でモビールが回転していたという、あのころの風の神秘が、やがてぼくを嵐《ストーム》へ導いたのかもしれない。その風は紙ナプキンでできた雪の結晶を踊らせていた。子供部屋の窓にかかったカーテンを夏の空気がふくらませるのを、ぼくは下からながめていたものだ。ベビーベッドの柵の隙間から見守っていると、雨が水面にひろがるかのように、何かを悟った輝きがルビーの顔を横切った。ルビーは両腕を伸ばして上へ向けた。夢中になっていて、こちらを見向きもしなかった。

病院で産まれた妹がわが家に来て二年が経ったころ、六歳になったぼくを、父がはじめて竜巻の中心まで車で連れていった。

そのころの父は竜巻などを追うストームハンターで、風そのものにも惹かれていた。オンタリオ気象センターから、州内を移動する嵐の情報を聞き出すと、父は車の助手席にブラックコーヒー入りの魔法瓶と、ハムとチーズのサンドイッチ数切れだけを載せて、時速八十マイルでまっしぐらにそこへ向かった。ときには午前三時に家を出て追いかけることもあった。父はあらゆる種類の荒天を愛した。水上竜巻、漏斗雲《ろうとうん》、局地豪雨、雹嵐《ひょうあらし》、塵旋風《じんせんぷう》、熱雷。でも、何よりも愛したのは陸地の竜巻だった。

当時は、オンタリオ気象センターのだれもが父を知っていた。週に七日、父はセンターに電話をかけ、地平線の向こうで発生している重大な気象現象や、湖から吹く風などの知らせを聞いては、自分の結婚式に遅刻した花婿のように家から駆け出していった。だれよりも、ときには気象センターの職員よりも、嵐のことを深く理解していた。ただのアマチュアのストームハンターだったが、気象センターは父の報告をたびたび利用した。それぞれの嵐について、どんな状態なのか、どこへ向かうのかと、父に意見を求めることもあった。悪天候を観測する変わり者の集団のなかで、父はどんどん有名になっていった。そして、ぼくも大きく後れをとってはいなかった。

一方、母は嵐にまったく関心がなかった。そのころには、赤毛の長い髪を、まるで予期せぬ風への万全の備えであるかのように、後ろでまるめていた。建国百周年記念公共図書館で非常勤として働き、「熊の穴」[*2]とみずから名づけた催しを企画していた。政府の補助金を利用して州のあちこちから講演者を招き、地域社会の人々の啓発をめざすものだ。歴史家、詩人、大道芸人、自動車レースのドライバー。母がだれを呼ぶかを決め、講演者には一定の報酬が支払われた。嵐を追う話は知らない人たちを驚かせるはずだから、父にも候補になる資格はあったはずだが、演壇に立つことはなかった。母はけっして父に依頼しなかったし、父も志願しなかった。嵐を追うことがふたりのあいだで避けるべき話題なのは、ぼくにもわかっていた。そもそもかかわるのが危険な奇行だし、の

＊1―ドイツからの長距離飛行に使われた硬式飛行船。ベルリン・オリンピックの翌一九三七年に爆発事故を起こした。
＊2―「騒然とした議論の場」という含みがある。

ちにルビーが死んでからは、荒天はふたりの結婚生活をおびやかすものだった。まるで、突然町にやってきた謎の女が長く居すわり、父を翻弄して無謀なことや突飛なことをさせているかのようだった。

「この男の人はニューギニアで二十五年間も食人族といっしょに暮らしてたのよ」母は夕食の席でよくそんな話をした。あるいは「だれそれはエベレストのてっぺんまでのぼったんだって」などと言い、父のほうを横目で見つつ、ぼくが興味を持ちそうな話題をやっと口にできると思ったのか、顔に笑みを漂わせてつづけた。「信じられないでしょうけど、片腕しかないのよ。そんな人が登頂するのがどれだけ大変だかわかる?」しかし、長身で猫背の父はたいがい気のないていで平然と台所のテーブルにつき、皿の上のエンドウ豆をフォークで転がしながら、最寄りのスコールラインの進路を頭に描いたり、週報《カナダの気候展望》に載った統計を分析したりしていた。

母は「熊の穴」の講演会にぼくをたびたび参加させた。そこで聞いたのは、車椅子で国を横断した男の話や、地下室に二百匹以上のヘビを飼っている女の話や、すでに分離された結合双生児ふたりの人生の物語などだった。でも、十歳を過ぎたころから、ぼくは嵐に夢中だった。数珠電光《じゅずでんこう》と球電のちがいや、球電が実在するかどうかで科学界が二分されていることを知った。十三歳になるころには、嵐に関しては学校のどの科学の先生よりもくわしかった。九年生の科学の発表会では、瓶に竜巻を封じこめた自由研究で一等賞をとった。二本のコーラの瓶の首を風船の切れ端でつなぎ合わせ、一方の瓶に十オンスの水を入れたものだ。受賞の決め手となったのは、この自家製竜巻の強さを小型版のフジタスケールで等級づけし、それに相当する実物大の竜巻がぼくたちの小さな町を襲った場合に、渦の強さと実際の損害額がどの程度になるかを計算したことだった。竜巻は地面に達するまでは「漏斗雲」と呼ばれることや、その年のオンタリオ州の雹シーズンが三月十四日のクーツ・パラダイスでの降雹を皮切りに予定どおり幕をあけ、おそらく百七十日間以上、九月までずっとつづくことも知っていた。前年の荒天のシーズンには州全体で二十九個の竜巻が発生し、それが十四日間に集中したことも知っていた。およそ四十五日間つづいた荒天のシーズン全体のうち、その竜巻の十四日間は三十パーセント近くを占めている。その期間に、父とぼくは七個の竜巻を目撃した。

子供のころは、科学でどんなにいい点数をとっても、家ではぼくも父も、母に頭があがらなかった。母はぼくを十二年生まで「熊の穴」の集まりに参加させると言い張ったが、父にはじめて竜巻に連れていってもらった日を境に、ぼくがだれのあとを追っているかを内心ではわかっていたと思う。

「ティルソンバーグの近くで漏斗雲の目撃情報が出たぞ」父はそう言うと、肌身離さず持っているメモ帳に何かを書きつけた。ルビーは二階にいて、あの吹雪のモビールの下で昼寝をしていた。父は気象センターとの電話を終えたばかりで、それまで数時間、気象センターでは雷をともなう嵐の動きを追っていた。覚えているのは、ぼくが窓から通り向かいの動かない木々を見ていて、それから母へ目を向けたことだ。母は流し台の前に立って、食べ残しをタッパーウェアの浅い容器に移し替えていた。父はメモ帳を閉じ、鉛筆を右耳の後ろにはさんだ。「運がよければ、こいつは猛烈な勢いに変わって、牛の一頭や二頭は吸いあげるかもな」そう言って、ぼくに目配せした。母は振り向いて、そんな父をにらみつけた。

ティルソンバーグに向けて西へ車を走らせながら、父はめざす嵐がどんなものになりそうかを話した。たぶんこの漏斗雲は、着地したとしても、ただの赤ちゃん竜巻だという。「せいぜいF0だな」父は言った。ぼくにはこの初耳の用語がわからなかった。父はしゃべりながらも地平線に視線を走らせ、飛来物がないかとさがしているらしかった。気象センターへは十五分ごとに無線で連絡し、最新情報を伝え合った。

「きょうは成果なしかもな」運転しながら父は言った。「先にそう言っておくよ。だが、気象センターに漏斗雲の目撃情報が集まってきている。いい兆候なのはたしかだ。竜巻ってやつは気むずかしい」つとめて前向きにふるまっているようだった。

CB無線からの報告を聞く合間に、雷をともなう嵐のうちで竜巻になるのは一パーセント未満であることや、竜巻ができるにはあらゆる条件がそろわなくてはならないことを知った。世界的に名高い気象学者テツヤ・セオドア・フジタ教授が少し前に考案した独創的な分類法が、竜巻に潜在する破壊力をその風速に基づいて予測するのに役立つことも知った。話を行きつもどりつさせながら、父はフジタ式の分類法をていねいに説明し、ときどき話を止めては、何か質問はあるかと尋ねた。

「ないよ」ぼくはそう言って、魔法瓶から父にブラックコーヒーをゆっくりと注ぎつつ、いま聞いた話をすべて頭に叩きこもうとした。父の竜巻の心得や空に関する説明に重要性と信頼性を持たせるかのように、突風が車をほんのわずかに揺らし、そのせいで熱いブラックコーヒーが注ぎ口からひとすじ、ぼくの膝へ飛んだ。

「説明がつくもので痛い目に遭うことはないんだ」そう話す父にコーヒーを手渡すあいだに、膝の染みが太腿じゅうにひろがっていく。「どんな相手かわかっていれば、竜巻なんかこわくない。〝イン・スキエンティア・エスト・サルス〟だ」父はことばを切り、コーヒーに息を吹きかけた。「おまえをこうやって連れ出すことに、母さんが賛成じゃないのを知っているだろう」

「ぼくたちのこと、怒ってるのかな」

「いや、怒ってはいない。まあ、女だからな。お嬢ちゃんたちには、嵐みたいなものの楽しさがわからないのさ」

午後四時ごろには暗くなったので、デリーから東へ二マイルのところで車を路肩に停め、F0の赤ちゃん竜巻を通らせることにした。

「窓をあけろ」父が興奮気味に言った。車のまわりでは新聞やビニール袋が激しく渦を巻いている。小型トラック一台とほかの車がもう二台、路肩に停まった。父と同じようなストームハンターたちだ。窓をあけると、突風が吹きこんで髪をあおった。砂や塵が顔に吹きつける。「外へ手を突き出すんだ」父は自分の横の窓も同じようにあけている。「さわっているぞ、ピーター！」父は叫んだ。「竜巻と握手しているんだ！」

　竜巻が消え去ったあと、ぼくたちは車をおりて、ほかのストームハンターたちとことばを交わした。話の大半は理解できなかった。嵐に関するぼくの知識は、来る途中に父から教わったことだけだ。そばで手を握っているあいだ、父と仲間たちはメモを見せ合っていた。父はほかの現場でその人たちと顔見知りになっていた。みんな、互いの名前を知っている。父はコーヒーとサンドイッチを勧めてまわった。ボンド・ヘッドから来た老婦人がチョコレートケーキを切ってくれたので、ぼくは車のボンネットに腰かけてそれを食べた。帰り道で父は、いま見たものについて質問はないかとあらためて尋ねた。ケンブリッジの郊外では〈デイリークイーン〉に寄り、ふたりぶんのソフトクリームを買ってくれた。

「嵐を見たんだ」家に着くと、ぼくはルビーに言った。ルビーはスズメが家の前の芝生で跳ねまわるのをながめていた。ぼくの声は秘密めいていた。ふたりで分かち合う内緒ごとを、妹の耳にささやいた。「竜巻と握手したんだよ、この手で」と、手を見せた。ルビーがモビールに惹かれる理由がわかったと、伝えてやりたかったからだ。ルビーはこちらを見てにっこり笑った。
だが、家族はルビーの死で変わってしまった。これまで経験したことがないほど、風が吹きすさんだ。母は前を向こうとした。自分の悲しみのせいで、家族に残された未来をぶち壊したりしない、と心に誓っていた。努力しているのが見てとれた。自分の心の内を見つめているのもわかった。けれども、シカゴ大学からはじめて帰省した夏、ぼくは父の悲しみの行きどころがあの奇妙な嵐の世界しかないのに気づいた。そして、母がどういう人間なのか、これまでずっとどこにいたのかを、ぼくはようやく知った。

父とぼくが迎える十三年目の嵐のシーズンでは、三十パーセントの竜巻観測率をめざしていた。州内で一シーズンに発生すると予想される数の約三分の一なので、竜巻十個程度ということになる。それまでは最高の年でもせいぜい二十パーセントで、ほとんどがF0やF1の竜巻だった。今回は、予想される三十個ほどのうち、三つにひとつをものにしなくてはならず、しかも水上竜巻、塵旋風、漏斗雲は勘定に入れない。目標は高いけれど、準備万端だと思っていた。ぼくはクラスでいちばんの成績をとっていた。シカゴ大学には、北米でも屈指の評価を受ける気象学の大学院課程がある。毎週金曜日の午後、ぼくは寺院のように静かなハインズ棟でフジタ教授の講義を受けていた。つぎの夏には、標高一万四千百十フィートに位置するコロラド州のパイクスピーク広域気象観測所に就職することが決まっていた。紹介してくれたのは大学一年のときの物理学の教授で、その兄がメリーランド州キャンプ・スプリングスにある国立中央気象センターの所長をつとめている。来年の六月には、ぼくはこの大陸の北西部全域を俯瞰することになる。毎朝、天がもたらすあらゆる大気現象を地球上で最も早く体験するひとりとなり、掌紋のようにふたつとない形を絶えず変化させる雲をこの指で掻き分けて、ピンクや灰色の輝きの色合いに驚嘆することになるだろう。自分はなんでもできる、と本気で思っていた。

この夏、ぼくはトロント中心部にある環境省の本部で働き、荒天がオンタリオ州南西部の農業に及ぼす影響について研究するためのデータを集めていた。ある火曜日の午後、店にいる父からそこへ電話がかかった。指導役のバーブが受話器を手渡してきた。

「ピーター」父は言った。「南西から強烈なスコールラインが迫っている。どうやら、ふたりとも急な頭痛に襲われることになる。建物の前で落ち合おう。こっちはすぐに出る」

「わかった。ありがとう」ぼくはそう言って、受話器をバーブに返した。数分待ったあと、ぼくは額に両手をあてて机に突っ伏し、うめき声をあげた。部屋じゅうの人に、アスピリンの瓶を持っていないかと尋ねてまわる。その一分後、卒倒した。「めまいがするだけです」席から立ちあがったバーブに言った。手で払いのけるしぐさをしながら、付け加えた。「だいじょうぶですよ」

「様子を見たほうがいいと思う。あした、電話でどんな具合か教えてちょうだい」バーブはぼくを連れてドアを出ると、いっしょに廊下を進んだ。念のため、ぼくは壁にぶつかりながら、おぼつかない足どりで歩き、エレベーターの前に着いた。まだ見られているかもしれないので、エレベーターの扉に頭をもたせかけて、到着音が鳴るのを待った。ようやく中へ滑りこむと、後ろで扉が閉まった。二十分後、父とぼくは四〇〇号線を北に向かい、別荘地帯のどこかで竜巻を待ち受けることをめざした。

幹線道路に出てすぐ、これはF0どころではないのがわかった。街のすぐ北で風が強まったが、竜巻と出くわす予定の場所までまだ五十マイル以上ある。ぼくの竜巻追跡歴のなかで最良の日になりそうな気がした。地元の音楽専門局でも、竜巻の話をしている。竜巻警報も発令ずみだ。すでにひとつ目が、三十マイルほど南西の町アーサーに着地していた。三つの竜巻がシムコー湖の方角をめざして、州の中心部を並行して進んでいるという。最大の竜巻の進路にはリトル・フォールズという滝がある。情報交換のため、気象センターへは十分ごとに無線連絡した。地平線を黒や紫に染めて雲が走るのをぼくが見ているあいだに、父は嵐の最新情報を手に入れた。目撃報告が殺到しているという。

「すぐに消滅してくれるといいけどな。言えることはそれだけだ」父はそう言って、首を左右に振った。「ウィル・ケラーでも、こいつから生きて抜け出すのは無理だ」

嵐の観測にかかわる世界で、ウィル・ケラーの物語を知らない者はいない。一九二八年のある日、カンザス州ダッジ・シティで犬を散歩させていたケラーは、竜巻の目に吸いこまれたあと、一マイル離れた場所で吐き出された。満身創痍の状態だったが、生き長らえてその経験を伝えた。大きく発達した竜巻の中心から生還したのは、記録が残っているものではそれが唯一の実例で、いま目の前にあるのはその規模の竜巻だ。もちろん、ケラーの話は父から聞いて知っていた。そんな状況で生き残る確率は天文学的に低く、百万分の一ぐらいだろう。それに望みをかけるなんて、ばかげたことだ。風は時速百三十キロに達したとすでに報じられていて、家の屋根を吹き飛ばすにはじゅうぶんだった。

リトル・フォールズに着く前に、警察がそこへ通じるすべての幹線道路を通行止めにしていた。もう太陽は見えない。車はどれも別の方向へ向かっている。ぼくは車を見て、ストームハンターが何人かいるのに気づいた。何年か前にあの最初の赤ちゃん竜巻を見たあと、デリーの近くでチョコレートケーキをくれた老婦人の姿もある。父以外はみな引き返すところだった。オレンジと黄色のレインコートを着た警官が、道端に立って車を誘導している。父は両手の親指の先でハンドルを軽く叩きながら、どうしたらいいかと問いかけるような目でこちらを見た。車の速度を落とした。すると、その顔にいたずらっぽい笑みが浮かんだ。父は両肘をハンドルに固定させて、バリケードを突破した。警官がぼくたちに向かって何やら叫び、警笛を吹きながら腕を振りまわす。しかし、車はそのまま突き進んだ。父は顔を輝かせ、最初に現れた脇道へすばやくはいった。

ラヴィーナ・クレセント通りに停車し、窓を閉めて待つと、風のなかで車がかすかに揺れはじめた。ここは竜巻が通過すると目論んでいた場所から数百フィート北だ。竜巻の進路上ではないとは言いきれない。父のメモ帳は閉じられたまま、ダッシュボードのCB無線機の隣に置いてある。父は興奮のあまり、ふだんのように観察記録をつけられないのだろう。一方の手で腿をさすっている。ぼくは嵐の兆候が現れていないか、通りのそこかしこを見まわした。目の端で父の顔をうかがうと、さっきも見せたような、少年が何かよからぬことを思いついたときの表情を浮かべていた。車から飛び出そうかと考えているらしく、もしそうしたら押さえつけるつもりだった。父はすでにシートベルトをはずし、ドアハンドルに手を置いている。頭にあるのはウィル・ケラーのことだ。

ぼくは雑音の混じるラジオのダイヤルをまわし、地元局の放送がはっきり聞こえるようにした。女の人が落ち着いた声で、竜巻への適切な対処法を読みあげている。〝避難場所を確保してください。地下室が最適です。車から出てください。窓はすべて閉めてください。地下室がない場合は、頑丈な家具の下へ〟――そして午後四時五十二分、放送が途絶えた。竜巻が南西から姿を現し、接近する貨物列車の音を響かせて、幅三百フィートの破壊跡を残して町を通過していく。真っ先に壊された場所のひとつが発電所だった。少しすると、三ブロック先の〈ドミニオン・スーパーマーケット〉の屋根が剝がされて、真っ黒な漏斗雲のなかへ吸いこまれた。ぼくは両手を固く握り合わせた。車が揺れて、外では瓦礫が飛び交い、肺には空気が吸い出されるような異様な圧力を感じる。

父の口癖であるラテン語の決まり文句を思い出そうとした――イン・スキエンティア・エスト・サルス。頭のなかを竜巻についてのあらゆる知識が駆けめぐる。気象史上の偉大な人物や出来事も思い起こした。紀元前三五〇年にアリストテレスが気象科学について論じた書。ガリレオの発明した温度計。一六六四年にパリではじめて正式におこなわれた気象観測。フジタ教授が翌朝この嵐のことを知ったら、どんな反応をするだろう、と想像をめぐらした。住宅地の上空を舞いあがった大きな金属板が急降下し、停まっていた車のボンネットに深く突き刺さるのが見えた。貨物列車の音がさらに大きくなる。名高い竜巻やハリケーンの呼び名、発生した年が目の前をちらついた。カミーユ、死者二百五十六人。アグネス、百二十二人。一九二五年に死者六百九十五人を出したトライステート竜巻の進路が見えた。

いきなり突風が顔に吹きつけた。ドアが大きくあく。「だめだよ」ぼくは向きなおって叫んだが、もう遅かった。父はもう外にいた。車の前に立って、嵐に身を乗り出している。さまざまなものが上空を勢いよく飛んでいるのが見える。突風が車を襲い、ドアが乱暴に閉まった。まわりの空気が急に静まる。車内からだと竜巻の動きは半分の速さに見え、まるで計算高く残忍な復讐をめざす者が、相手を拷問して効率よく的確に痛みを引き出しているかのようだ。ダイアン、死者百八十四人。

車の先端が沈むのを感じた。父はボンネットによじのぼろうとしている。フロントガラスがなければ、脚にさわることもできそうだ。父がどうにか体勢を保つのをぼくは見守った。はだけた上着

V

が風で激しくはためいている。父はさらに身を乗り出して、嵐を歓迎するかのように両腕をひろげ、驚嘆のあまり首を大きく振った。風に逆らって、体をすばやくリズミカルに前後させる動きは、まるでダンサーのようだ。風は車を強打しつづけている。父は両腕を横へ伸ばし、体全体で十字形を作ってから、ゆっくりと両腕をもどして嵐を抱きしめた。そのとき、父の頭部がふらふら揺れ、突風が腰を後ろへ引っ張った。ぼくはまばたきをし、ボンネットが勢いよくあがるのを感じた。目をあけると、父がいない。消えてしまった。ウィル・ケラーだ、と思った。渦を巻く漏斗雲が通り過ぎるのを目のあたりにして、一瞬、そのなかにいる父が何トンもの瓦礫に粉々にされる様子が頭に浮かんだ。しかし、そんなことはありえない。竜巻は近くまで来ていないからだ。もし来ていたら、自分もそのなかにいる。ぼくはドアをあけ、走って車の前にまわりこんだ。

「ピーター」大声が聞こえた。貨物列車の轟音が駆け抜ける。地面に横たわっていた父が顔をあげ、微笑んだ。「外で新鮮な空気を吸うことにしたのか」

父は無傷だった。風に吹き倒されただけだった。ひとりで声をあげて笑っていた。とはいえ、困り顔でもある。「すごかったな！」何度も繰り返して言った。「すごかったな！」

竜巻はそこから北東へ去った。父は帰り道でずっと早口でしゃべっていた。「見たか？　F5だ。信じられない。本物のF5だぞ」消防車と救急車が反対車線をつぎつぎと猛スピードで通り過ぎた。道路には瓦礫が散らばっている。「国じゅうの人が知ることになるだろうな」父は言った。「F5だから、きっと全国ニュースだ」クックスタウンで八九号線にはいり、そのあと二七号線で南へ向かった。「まちがいなく、牛の一頭や二頭は吸いあげたはずだ。何しろ、この足をさらわれたくらいだからな」父はまた笑い、右手で腿をさすった。

およそ二時間後、わが家の私道に車を乗り入れると、割れた窓が目にはいった。正面玄関の前にはガラスが散らばっていた。家のなかから割られたということだ。ぼくは父より先に足を踏み入れ、玄関広間に倒れていたコート掛けにつまずきかけた。ふたり掛けのソファーが居間の真ん中にほうり出され、中の詰め物が布の切れ目から積乱雲の塊のようにはみ出ている。父は机の前にすわり、手で口を覆った。ぼくは家じゅうを静かに歩きまわった。グラス、皿、タッパーウェアの数々が台所の床に散乱している。サンルームの床で、ガマのドライフラワーのはいった花瓶がひっくり返っていて、その横に母の置き手紙があった。ぼくは封筒をあけなかった。居間にもどり、封がされたままの手紙を父の前に置いた。父は正面の窓をぼんやり見ていた。ぼくは外のプールまで歩き、靴と靴下を脱ぎ捨てて、へりから水のなかへ脚を垂らした。午後の日差しが移ろって、芝生から影が消えていくのをながめながら、自分たちがなぜこれほどまで颪に夢中になるのかと考えた。三世代にわたって受け継がれ、かつてはルビーの血にも流れていたこの情熱のせいで、ぼくたち家族はいったいどれほどわれを失って、散りぢりになったことだろう。

シカゴにもどって一か月後、オーストリアの理論気象学者で神学者でもあるコンラッド・ソロヴィンの著書のなかに、ウィル・ケラーの名を見つけた。その日の午後、ぼくは屋根裏部屋の窓から外をながめ、灰色の風に吹かれた枯葉の渦がパーマストン通りを北へ運ばれて、向かいのナラの若木につながれた自転車のスポークにからんでいくのを目で追っていた。ソロヴィンの本にもどり、開いたままの〝渦慣性〟という短い章を読んだ。この学者が主張している新しい理論だ。それによると、無秩序な動きで風がぶつかり合っているとき、速度と方向、気圧と気温が完璧に調和すると、その状態が達成されて、うまい具合に竜巻の目のなかに静穏が生じるという。この慣性の効果で、竜巻の目に閉じこめられた人は自分が完全に静止していると感じるかもしれない。周囲にあるものとの相対的な位置関係が変わらないからだ。しかし、この慣性が失われると、竜巻のなかの人は木っ端微塵になるか、その渦からほうり出される。ソロヴィンの結論によると、ウィル・ケラーは竜巻から投げ出されるまで、命の危険にさらされているとはあまり自覚していなかったかもしれないし、長い歴史のなかで竜巻によって命を落とした無数の人たちも、少なくとも最期が訪れる前のひとときだけは、比較的穏やかな気分でいた可能性がある、とのことだった。

VI

三十歳になる前に、彼女はすでに殺人技の名手だった。フェンシングで世界チャンピオンの座に二度就きながら、一度たりとも相手に血を流させたことがない。それは死を熟知した美学だ、と姉妹は考えた。彼女が動くとだれも手をふれられない、と姉妹は聞いていた。殺しの戦略はチェス並みに理詰めだという。ヘレン・メイヤー[*1]は、その年ドイツ代表として出場した唯一のユダヤ人だったが、出場したのは、大会のボイコットも辞さないとしていたアメリカの要請によるものだった。姉と妹は憧憬と嫌悪をないまぜにして彼女のことを語った。どちらも針子として働き、ベルリンのユダヤ人居住地区から抜け出そうと、ひと針ひと針縫い進めていた。市場からの帰り道、ふたりは買い物用のカートを引きながらメイヤーのことを話した。妹のグレタは近所の玄関先に腰をおろしていた男へ手を振った。八月の午後、その男は雨でさわやかになった空気を吸いに外へ出てきていた。男は姉妹に、その日の午後、メイヤーが表彰台からヒトラーへ敬礼し、そのあとすぐにアメリカへ発ったと語った。

＊1──反ユダヤ主義に対する国際世論の反発をかわすために、ナチス・ドイツがドイツ代表としての出場を認めたアメリカ在住のユダヤ人選手。銀メダルを獲得した。

VI

Spain

スペイン

夏も盛りのある土曜日、スザンヌが一時間近く遅れてようやくカフェにやってきて、スペインでの恋愛話を語った。二十代半ばに二年間住んでいた小さな町での話で、そのころぼくはまだシカゴにいたものだ。遠いスペインや、ヨーロッパのほかの地域、たとえば両親の出身地で暮らしたらどうなるかについては、自分なりにわかっているつもりだった。スザンヌの話を聞きながら、反対側の隅にあるテレビへ目をやったことを覚えている。テレビは、空のビール箱を重ねた上の小さな棚にバランスよく置いてあり、音量が絞られ、画面にはソウルで剣を交えて戦うふたりのフェンシング選手が映っていた。ぼくはスザンヌとテレビのあいだで目を行き来させながら、一万マイル離れた場所で選手たちが突いては応じ、突いてはかわすのをながめていた。

　アナは毎週土曜日に特別な子供たちを教えていた。天才児向けのサマースクールだ。ぼくがバサースト[*2]の路面電車に乗って出かけ、〈グリークス〉でスザンヌと会うのはそのときだ。それはケンジントン・マーケットにあるカフェで、その年、一九八八年の自分と似た心境の持ち主が集まっているように感じられた。大学からもどって二年経ったが、なじみの場所がもはや理解できない絶望感がぼくにはあった。ここを離れていた六年のあいだに、ぼくはスペイン語を学んだ。卒業しても気象学に関する職は得られなかったが、第二言語が役立って、この国にたどり着く戦災移民の新たな世代を支援する仕事に就くことができた。働きはじめて応対したのは両親を思い起こさせる人々で、こちらに感謝しつつも暗鬱なことが多く、つねに強い郷愁の念にとらわれていた。出身はサントドミンゴ、グアテマラシティ、アンデス山脈の高地などで、ぼくの両親たちが二十世紀の半ばに離れることを強いられた国々とはちがう。しかし、人々の様子は同じで、男も女も子供も故郷に残した人たちに対する思いをかかえて地球上をさまよってきた。

スザンヌとぼくはいつも〈グリークス〉で待ち合わせて、上階にあるスザンヌの友達のアパートメントへ向かうことにしていた。スザンヌはたいていい遅れてくる。だから、ぼくはひとりビールを飲みながら、彫像さながらに身動きしない常連たちを観察して待った。そこにいる男たちを見ていると、魚の目と落ち着きなく動く手の持ち主であるドイツ人のおじを思い出した。男たちは家庭のあわただしさに静かに耐えて毎日を過ごし、自分をここに取り残した暗い秘密を明かすべき瞬間が来るのを辛抱強く待ちながら、同類の面々に囲まれて孤独でいる。きっと、それぞれの秘密を持っているはずだ。男たちを観察してスザンヌを待ちながら、ぼくは自分自身の秘密を舌の上で転がし、戦争や欺きや破滅にまつわる数々の凄惨な物語を頭に描いた。

スペインでスザンヌは、旧市街の中心地にある古めかしい三階建ての建物に住んでいたという。絵に描いたように完璧だった、とその日ようやく現れたスザンヌは言った。何もかもがすごく古い、

＊2―カナダのニューブランズウィック州の北部にある都市。

ことはちがう、と。住んでいた通りには、あまりの老朽化でみずからの重みに耐えきれない建物があり、太い木の梁で補強されていた。パリを出て十六時間後、薄汚れて疲れきった状態で列車をおりてその街をはじめて目にしたとき、心が沈んだのを覚えている、とスザンヌは言った。駅からなんとか近くのまかないつきの宿屋にたどり着いて部屋をとり、結局、最初の一年はその近くに住むことになった。その夜は、明るい照明のともる軽食堂に席を見つけ、通りを行き交う人々を夜中の二時までながめていた。

「いま思うと、なんてばかだったんだろうって、うんざりよ」大げさに目を見開いてスザンヌは言った。「そのころはスペイン語をひとことも話せなかった」その右肩の向こうで、白いフェイスマスクをつけた男たちが剣を突き合わせている。

スザンヌがアパートメントに引っ越して最初にしたのは洗濯だった。日差しのなか、バルコニーの鉄の欄干に衣服を干し終えたとき、目の下に大きな隈があり、口ひげから煙草の脂をしたたらせた男が部屋の前にやってきて、怒鳴りはじめた。スザンヌが理解できないとわかると、男は欄干の衣服を指差し、空中で指を左右に振りながら舌を軽く鳴らした。チッ、チッ、チッ。

「あとで知ったんだけど、旧市街では洗濯物を外に干しちゃいけないのよ」スザンヌは言った。「景観を損なうから、観光によくないんだって」

スザンヌは旧市街の建物の外壁に書かれた文字についても話した。その文字は、大学や、ふたつの大聖堂や、ときには民家でも見られる。かつては、雄牛の血とオリーブオイルを混ぜたもので多孔性の砂岩の外壁に名前を書いたらしい。「重要人物にかぎるけどね」現在でも、少し色あせているものの、講堂や図書館の壁面に染みこんだ有名な学者や政治家の名前を見ることができる。スザンヌはビールをひと口飲んだ。ぼくは剣と剣がぶつかる金属的な響きを想像した。「大きくて赤い、流れるような文字よ」スザンヌは言った。「あなたの腕ぐらいのサイズだった」

　ぼくはカレッジ・ストリートの成人スペイン語話者センターで働いていた。事務所はリトル・イタリーの中心部にある工具店の二階だった。仕事の内容は、新たにカナダへやってきた移住者に、この国の不可解なあれこれに慣れてもらい、その一家が新しい人生を着実にはじめられるよう手助けすることだ。ぼくの両親が移住してきたころには、おそらく存在しなかった仕事だ。ぼくは毎日、移民弁護士や、家主や、オンタリオ州健康保険制度《OHIP》の事務局員や、雇用主の候補たちと話していた。デスクで電話や新たな移住者と面談をしていると、オフィスの薄いコルクの壁から、授業中の五つの英語クラスの様子が伝わってきた。

　アナが働いていたのはフォレスト・ヒルにある小規模な新方式学校で、リベラルな考えを持つ裕福な親を持つ子供たちを対象としていた。アナはほんとうは視覚芸術の教員資格しかないのに、全教科を教えていた。四か月前にそのエイドリアン・パークス・スクールで教えはじめたばかりだったが、ぼくがスザンヌのスペインでの話を聞くようになったころには、もううんざりしていたようだ。受け持ちの子たちが好きじゃない、とアナは言った。どの子もすっかり甘やかされているという。アナはほかの仕事をさがそうかと考えていた。しかし、その夏の特別な子供たちは別格だった。

その夏は、夜にセンターを閉めたあとも、仕事にまつわる作業がいつも大量にあった。最低でも週に一度は、ラテンダンスの会や資金集めの会など、催しのたぐいが開かれた。アナはまったくスペイン語を話せないのに、たいがい参加した。センターのパーティーはおもしろくて好きだ、とアナは言った。ぼくがスペイン語を話すのを聞くのも好きだという。友達には〝異国情緒がある〟と説明していた。

資金集めの会がない夜には、いっしょに家で過ごし、どんな未来が見えているのかを考えた。いつも未来について語り合っていた。仕事が終わったあと、ぼくはセンターに近いイタリア食料品店で作り立てのパスタを買った。それから家の片づけをすませ、何か必要ならふたりでブロア通りまで歩いていく。夕食後にはアネックス地区の木々が並ぶ裏通りを散歩し、カエデやトウヒの大木の下で足を止めては、異国の小さな町にいる自分たちの姿を思い描く。たぶん、スペインかメキシコあたりだ。あるいは、新たな戦災移民が来る国のどこかかもしれない。

スザンヌはほんの数ブロック北に住んでいて、そのあたりは家も木々も、ぼくの住む地区より大きくて古かった。いつの間にかぼくとアナは、夜更けの散歩でスザンヌの家の前を通るようになっていた。スザンヌが――少なくとも、スザンヌと知り合ってからのここ一年は――そこに住んでフリーの編集の仕事をしていることをぼくは知っていた。アナは歩きながら、道沿いに並ぶ家を片端から見ていったものだ。何かの影をつぎつぎと生んでは消していく街灯が、やみくもに光を求める黄金虫たちのつかの間の輝ける憩いの宿となっている。黒い蔓草の繭に包まれた家の前を通り過ぎるとき、アナはよく見ようと注意深く進んだ。繊細な格子細工、彫刻の施された切妻。影に染まった薄茶色の煉瓦と、それを半ば覆うタコの触手のような蔦。アナは歩きながら、それぞれの家がその家なりの秘密をかかえているかのように、それを見つけて楽しもうとするかのように話した。ぼくは街灯の明かりに伸び縮みする自分たちの影を見つめながらも、まるい光に照らされて這う歩道の虫はさほど気にせずに、スザンヌと過ごす土曜日のことを考えていた。スザンヌの家の前を通るとき、ぼくは目をあげて、屋根裏部屋の窓明かりを視界の端でとらえた。顔を動かさないように注意しながら。バランスを崩さないように注意しながら。ぼやけた影だけでも想像を掻き立てるにはじゅうぶんで、机の前にすわっていつものように髪をもてあそぶスザンヌの姿が目に浮かんだ。スザンヌにまつわるいくつかを思い出した。はじめて会ったラテンダンスの会で感じた香り。両肩につけた数滴のバニラ。

アナと手をつなぎながら、こんなにもスザンヌの家の近くにいるという危うさで、うなじにぞくぞくする未知の感覚が走った。バーや映画館から帰ったスザンヌが、不意に目の前に現れたらと想像した。事情を察して素知らぬ顔で通り過ぎるだろうか。他人のふりをするだろうか。このころはもう、スザンヌはアナとぼくがいっしょに住んでいることを知っていた。それとも、どのくらい本気なのかを見定めるために、ぼくの愛情を試そうとするだろうか。

平日にはスザンヌに電話をしないようにしていた。予定を早めようとしてもうまくいかないのは、経験から学んでいた。何度か試みたすえのことだ。スザンヌは土曜日しか――それも、たまの土曜日にしか――会えないと言っていた。スペインの話を聞いたあの日のように、スザンヌの友達のアパートメントの階下にあるカフェで一時間以上待たされた日もあった。あのときは、通り向かいのドライフルーツの店をガラス窓越しにながめながら、戦争がどのようにぼくの母を変えたのかを考えた。母の話では、戦争が終わったあと、祖母と弟ギュンターと三人で、東へ向かう列車で何週間ものつらい旅をしたという。家畜運搬車に乗って東へと、見知らぬ国を通り抜けて、雪が吹きすさぶ広大な平原を渡り、鈍色の凍った湖に沿って進んだすえに、列車はバルト海とおぼしき場所の岸辺を走って、線路と交わる小道で停まった。食べ物はほとんどなかった。何年も経ってからときどき、車両の奥に並ぶむき出しの便器から立ちのぼったにおいが突然記憶によみがえることがあり、消し去るために手を洗ったものだと母は言っていた。ようやく停車すると、酔ったふたりの兵士がドアをあけて、飢えの状態がいちばんましな者をさがしはじめた。兵士たちは祖母に目をつけ、子供たちから引き離して、床の真ん中で事に及んだ。祖母の首も脚も凍てつく空気にさらされていた。

その車両に乗っていたほかの男女は――多くは祖母と同じ町から来た者たちだった――目を伏せた。弟はあけ放たれた扉の外へ目を向け、凍結した海へ落ちる雪を見つめていた。母は手を伸ばして弟の目を覆った。そのとき将校が乗りこんできて、最初の男の髪を鷲づかみにし、ホルスターから銃を抜いた。男の頭を後ろに引き、こめかみに一発撃ちこんだ。残った兵士が列車を去ると、押しだまった人々のなかからひとりの年老いた女が歩み出た。老女は死んだ男を床に転がし、祖母に自分のコートをかけてやった。列車がまた動きはじめると、ふたりの男が進み出て、死体を車両から雪のなかへずり落とした。

母が語った話はそういうものだった。一方、いま聞いた話はそれとはまったくちがう、若々しくてロマンティックなものだ。ぼくはスザンヌの顔をじっと見てから視線をあげ、バーの隅のテレビが映し出すオリンピックの試合へ目を向けた。ルビーが死んでから、自分はどれだけ変わってしまったのか。もうわからなかった。ぼくは歩むべき道を見失っていた。それでも、二十九歳になった自分が、ルビーが見ても別人としか思えない人間に変わり果てたことはわかっていた。はるか昔に、戦争によって母が大きく変わったのと同じくらいに。

スペインで住む部屋を見つけて落ち着くころには、スザンヌはすでに三軒先の角で店を営む老姉妹と知り合いになっていて、その店から毎日ワインやパンを買っていた。最初のころ、姉妹はこんなに若い女がひとり旅をするなんてとスザンヌを怪しんでいた。災難のもとだろう、と。だが、一週間もしないうちに、姉妹はスザンヌのスペイン語への情熱を知って、あっさり屈した。

スペイン語クラスが十月初旬にはじまる前、まだ老姉妹が唯一の知り合いだったころのスザンヌは、暇つぶしに長時間かけて近所を散歩した。最初の三週間はホームシックに陥り、どうしてこんな小さな田舎町へ来てしまったのかと思い悩んだ。マドリードやバルセロナやビルバオなど、自分に似た立場の人間にもっと多く会えそうな都市へ移ることも考えた。

姉妹の店の向かいに小さなバルがあり、その地域の大学生がよく利用していた。授業が終わった学生たちが気分転換を求めて訪れる店だ。彼らは仲間たちと小さな木のテーブルを囲んですわり、ヒマワリの種の殻を右手と前歯ですばやく割っては、左手で茶色の一リットル瓶から冷えたビールを飲む。スザンヌは引っ越してきた日にそのバルへはいった。外は晴れていて、通り沿いのドアがあけ放たれていたにもかかわらず、店内は薄暗く煙が立ちこめていた。スザンヌはどうにか、ほかの客が注文しているものを頼むことができた。しかし、周囲と同じように優雅にヒマワリの種を食べようとしても、きまりの悪い思いをすることになり、ビールを飲み干す前にバルを出て、二度ともどらなかった。

日が暮れると、ビール瓶を持った人たちがバルからあふれ出し、その夜の仕上げとばかりに路面に瓶を叩きつけた。ガラス瓶の割れる音は、アパートメントで最初の夜をひとりで過ごすスザンヌを怯えさせた。瓶は自分に向けられたものだと思った。バルでだれかを不快にさせたのだろうと思った。けれども、ガラスの破片が近所のほかの道路にも散らばっているのを見て、これは町全体が悩まされている学生の儀式にすぎないと気づいた。すぐにスザンヌは、火の上を平然と歩く達人のように、玄関先のガラス片を踏みつけて歩くようになった。

授業の一日目、背が高くて見栄えのよい二十代前半の男がスザンヌの隣にすわった。ルイジアナから来たリーヴズだと自己紹介した。スペインに来ようと決める前はニューヨーク大学で美術史を勉強していた、マドリードの大学院で研究したいからスペイン語を学びたいという。最初は興味がなかったのよ、とスザンヌはぼくに言った。アメリカ式の発音が気に入らなかった、きざな感じがした、と。

その一日目の授業のあと、生徒のうち数人が居残って、スペインに来た理由を話した。人気《ひとけ》のない大理石の廊下に、外国人たちの声が響き渡った。イギリスのサウスポートから来たサイモンという男子学生がいて、まだ十代だった。「父に無理強いされてね」笑みを浮かべながらサイモンは言った。「父が力ずくも同然にぼくを飛行機に押しこんで、スペイン語でゼロから百まで逆順に数えられるまで帰るなって言ったんだ。最高に愉快な父親だよな、まったく」

ほかに残っていたのは、二十代前半のフランス人の女子学生ふたりと、ドイツ人とベルギー人がひとりずつで、全員が英語を話した。みな、仕事でスペイン語が必要だからと言った。フランス人のふたりは秘書で、あとのふたりは国際法を勉強していた。

「で、きみがはるばるトロントからやってきたわけは?」リーヴズが訊いた。

「単純なことね」明るい口調でスザンヌは言った。「『ドン・キホーテ』を原書ではじめから終わりまで読み通すまで、スペインを離れないつもりよ」

その日の午後、全員で〈ラ・ラユエラ〉というバルへ行き(バルの名前はスザンヌが最初に覚えた単語のひとつで、〝石蹴り遊び〟という意味だ)、一リットル瓶のビールを飲みながら、これまでスペインで体験したことを語り合った。リーヴズがいちばん滞在期間が長く、多くを助言した。

「市場では地下に行かなきゃ」リーヴズは言った。「すごいぞ。そこなら、なんでも見つかる。牛のタマだって売ってるさ。おれの地元じゃ、あれを大草原の牡蠣と呼んでる」

つぎの日、クラスの面々は町の広場にある時計の下で集合した。セベロ・オルテガという名前の男の教師が、みんなでこの町を歩いて見てまわろうと言ったからだ。生活するうえで役立つ場所へ案内したいということで、安い食料が買えるところや、いくつかのお勧めのバル(〈ラ・ラユエラ〉が紹介されたとき、リーヴズはすでにそこを知っていたことが自慢だったらしく、スザンヌを肘で小突いてウィンクをした)、郵便局や、ふつうの公衆電話より少し割安で長距離通話ができる電話センターなどをまわった。町の歴史的側面も見せてくれた。〝本物のスペイン〟だと、スザンヌは友達に宛てた手紙に書いた。壁に雄牛の血で記された名前について教わったのは、そのときだったという。スザンヌはその日、フィルム一巻ぶんの写真を撮った。そのうちの何枚かに本人の姿があり、スペイン史に残る偉人の名前の下で、クラスメイトたちに腕をまわして微笑んでいた。

近所で会うのは危険すぎるので、ぼくたちはケンジントン・マーケットで会った。破滅を招くものね、とスザンヌも同意した。しかし、何も失うわけじゃない、とも言っていた。スザンヌが考えていたのは、アナに見つかったとき、修羅場に耐えられそうもないということだけだ。ふたりは一度、資金集めの会で顔を合わせたことがあった。できればまったく会わずにすませたい、とスザンヌは言っていた。

その夏の土曜日、ぼくはたいがい、アナがサマースクールへ出かけた少しあとに部屋を出た。アナがいるうちは、何をするでもなく過ごして待つ。それから支度をはじめた。シャワーを浴び、食べ物を少し口に入れる。アナが出勤したあとにぼくがすることは、すべてスザンヌと過ごす午後へ向けたものだった。鏡に映る自分を確認し、夜遅くまで出歩いた翌日には、顔に血色を取りもとそうと頬を叩いたりもした。それから玄関に鍵をかけ、ケンジントン・マーケットへ向かう。ときどき、ブロア通りを西へ歩いていくセンターでの知り合いに出くわした。当時担当していた家族や、すでにそこを去った人たちだ。たいていの場合、ぼくはその人たちの名前や出身国、そしてそれぞれのかかえていた問題を覚えていたし、職業訓練を受けていたら、その内容も覚えていた。その人たちとは、明瞭で訛りのない、大学で習ったスペイン語で話した。コーヒーでも飲もうと誘われることもあるが、はずせない先約があるから、といつもことわった。こちらから連絡する、とぼくは言い――電話番号はファイルに控えてある――そしてたいていそのとおりにした。路面電車のなかでは、乗り合わせた人々の顔を見まわし、アナが近隣の暗く静かな家々に考えをめぐらすときと同じように、ひとりひとりの物語を想像した。車輪の下で線路が合流し、電車が揺れて大きな音を立てると、終戦後にバルト海へ向けて東行した母にもこういう記憶があるのかと考えた。

ぼくとスザンヌが出会ったのは、ニカラグアへその月の下旬に送る支援物資の資金を集める会だった。スザンヌはボリビア出身の女友達といっしょだった。名前はイングリッドで、その後、彼女のアパートメントをぼくたちは使うことになる。ぼくは週末にでも飲みにいこうとスザンヌを誘った。しかしその翌朝、アナの正面にすわっているとき、こんな方向へ自分の人生を進めたくないと思った。待ち合わせ場所へは行くけれど、手に負えない事態になったらすぐに立ち去るつもりでいた。酒を飲んで、話をするだけだ。スザンヌが二年間住んだと語ったスペインの話を、もっと聞きたかった。

ぼくたちはいつもビールを数杯飲んだあと、階上にあるイングリッドのアパートメントへ向かった。イングリッドがどこにいるのかや、午後の逢引きになぜこの部屋を自由に使えるのかを、ぼくは一度も尋ねなかった。実のところ、イングリッドの居場所にも、この部屋を使う権利にも関心がなかった。いきなり部屋に踏みこまれないかぎり、気にはならない。とはいえ、ぼくはラテン系の人たちと近しくしているので、イングリッドとのつながりが危機をもたらす可能性が一度ならず脳裏をよぎった。イングリッドにも仲間が何人もいるはずだ。話がぼくの職場に伝わるかもしれず、職場の全員がアナを知っていた。

その部屋はいつも散らかっていて、流しには皿が重ねられ、台所のテーブルにはビール瓶が並んでいた。ソファーには脱いだままの汚い服が散らばっていた。壁にはチェ・ゲバラのポスターが貼ってあり、顔に赤いスプレーペンキで円と斜線が描かれていた。八〇年代初期に右翼政権が倒れたボリビアからバンセル大統領の支持者が押し寄せたことがあるが、イングリッドの家族はそのなかにいたにちがいないとぼくは思った。イングリッドの飼い猫は事のさなかにぼくたちに跳び乗って、皿が空っぽだの、トイレがあふれているだのと突然伝えてきた。猫の名前はガトといい、これはスペイン語で猫という意味だ。物事を単純にするためだとイングリッドは言っていた。

イングリッドの冷蔵庫には、たいがいビールがはいっていた。ぼくたちは台所のテーブルに二十ドル札を置き、忘れなければ短いメモを添えた。〝冷えてるビールをありがとう。来週もよろしく〟などなど。だが、来週があるかどうかなどわからない。ペンを持ちながら、そんな思いが脳裏をよぎった。つぎに来るときは手ぶらではなく花を持ってこよう、と自分に言い聞かせた。

「付き合いはじめたのは十一月ごろだったかな」ブラジャーをはずしながらスザンヌは言った。猫が部屋の隅の椅子に跳び乗り、気怠げに一周まわって前足で椅子を叩いてから、すわりこんだ。

ふたりはスペイン語の授業が終わったあと、暮れゆく秋空のもと、常連になっていた古いカフェのどれかへ向かった。町角ではまるめた新聞紙に詰められた焼き栗が売られていて、ふたりは燃える石炭に手をかざしてあたたまった。やがて夜が更け、ダンスクラブをはしごした。それからスザンヌの部屋で寝て、市場が閉まる少し前の午後一時に起きた。食料を買い出しに出て、部屋へもどった。たくさん昼食を用意し、授業の時間まで煙草を吸って待った。

あの土地になじもうとしていた、とスザンヌはぼくに言った。親しくなったスペイン人の学生たちと出かけるときは、飲み物すらろくに注文できなかった最初のころから、ふたりとも英語を使わないようにした。

スザンヌとリーヴズを知るだれにとっても、ふたりのあいだに何かがあるのは最初から見え見えだった。スザンヌの顔には、リーヴズほどはっきりと書かれていたわけではない。リーヴズのほうは、すっかり夢中だった。「ばかばかしいくらい」と、スザンヌは友人への手紙に書いた。「ばかばかしいくらいだけど、見かけがものすごくいいから我慢できると思う」そして、リーヴズといっしょに写っている写真を同封した。まだただの友達同士のように見えるふたりが、著名人の名前が書かれた大聖堂の横に立っている写真だ。

リーヴズはしじゅう花を買い、スザンヌのために特別な夕食を用意した。手厚すぎるほどだった。やがて、スザンヌをアメリカへ連れて帰りたいと口にしはじめた。北のほうで休暇を過ごそうと言ったので、カナダのことだろうとスザンヌは想像した。夢を壊すのは自分しだいだとは考えなかった。とはいえ、ふたりのつながりは、ロマンティックな夕食や北で過ごす休暇だけではなかった。しっかりと肉体に根差した関係だった。そのころには、することをしていた（それもかなり頻繁に、とスザンヌは付け加えた）。混雑したレストランのテーブルの下でリーヴズが手をふれて、スザンヌを絶頂へ導いたこともあった。セックスにまつわる大胆さゆえに、スザンヌはリーヴズに惹かれていた。いっしょに過ごさない夜がたまにあると、リーヴズを思って身悶えた。夜中に目が覚めて、リーヴズに組み敷かれているところを想像した。互いに達したあとの荒い息づかいを耳に感じながら、果てる寸前にリーヴズの肌のにおいが変わったことに驚き、リーヴズの巻き毛が頬をなでるのも感じた。

「でも、あの人、わたしとは距離のとり方がちがったのよ」スザンヌは言った。ぼくは仰向けで天井を見つめながら話を聞いていた。

二月の寒い夜のことだった、とスザンヌは振り返った。リーヴズが手にしているのは、一度あけてふたたび栓をしたワインの瓶だった。ふたりでスザンヌの部屋へもどる途中で、それをリーヴズの部屋からとってきた。そのためだけに立ち寄ったわけだ。そんな必要はない、ワインなら自分の部屋にもあるから、とスザンヌは言ったのだが、リーヴズは、きみのために特別なものを用意してある、なんとしてもそれを見せたい、と言った。

だが、それは瓶にはいったワインではなく、リーヴズが大聖堂の壁に字を書くための血液だった。いったいどこでそんなに大量の血を手に入れたのか、とスザンヌは不思議に思った。それがリーヴズの流儀だった。度を越した意思表示だ。

〝さあ〟とリーヴズは言った。〝見てくれ。きみのために何かしたかったんだ〟

骨を貫く寒気のなか、十フィート頭上の壁面の細長い出っ張りに立ったリーヴズが、開けた広場を吹き抜ける風に抗って踏ん張っていた姿を、スーザンは忘れないという。作業を終えると、リーヴズはおりてきて、スザンヌの前に立った。たったいま人を殺してきたかのように荒々しく息をつきながら、両手についた血をジーンズになすりつけていた。

「で、そいつは何を書いたんだ」ぼくは片肘を突いて横向きになり、スザンヌに顔を向けた。話が終わったからだ。「つまり、町じゅうに知らせなきゃならないほど大事に思ってることだったんだろう？　そこまでして壁に書くなんて」

声にこもっているものに、ふたりとも気づいていたと思う。ぼくが嫉妬しているのをスザンヌは知っていて、ぼくもそのことを知っている。自制しようとしたけれど、できなかった。口にしてはいけないのはわかっていた。

「あの人が何をするつもりか、最後の最後までわからなかったのよ。刷毛を取り出すまでね」スザンヌは笑いを噛み殺して言った。その光景の生々しさ、そして珍妙さを思い出しているのが見てとれた。「でも、ばかげたことだなんて言わなくてもいいから」スザンヌは言った。

「ばかげたことだなんて言ってないよ」

スザンヌは自分の側からベッドを出て、服をまとめはじめた。ぼくは少しのあいだスザンヌを見つめながら、どうしたものかと考えた。それから言った。「そのロミオは、グリーティングカードのデザイナーとして前途有望だな」

そのあと、スザンヌの声の調子が変わった。どうでもいい、と言いたげだった。気にするそぶりもなかった。

「わかった」スザンヌは言った。肩をすくめて笑みを浮かべる。「何を書いたのか知りたいのね」そのときはもう、部屋の中央に裸で立っていた。ブラジャーとショーツを右手にぶらさげている。

「あの人は刷毛に血を注いで、わたしのためにハートに矢が刺さった絵を描いた。たぶん、まだあると思う。血の赤のまま」

持ち物をまとめて部屋を出たころには、夜空に星が輝いていた。オーガスタ・アベニューを歩いていくと、腐った果物や野菜の箱が三段積みにされて、電柱や街灯の前に置いてあった。腹を空かせた小さなコウモリが何匹か羽ばたいて急降下し、あたたかい生ごみから現れたショウジョウバエや蚊を捕えている。暗がりのなか、二階のベランダで飲んでいた人たちが、ぼくが下を通ると話をやめて黙した。

その夜、ぼくは歩きながら、アナと過ごしてきた朝のことを考えた。それは一日のなかで希望を持てる唯一の時間帯で、目覚めたときにひとりではないことがうれしく思えた。その日の経験を分かち合える人といっしょにいることがうれしく思えた。けれども、仕事から帰るころには、周囲の人から多くを求められすぎていると考えているのが常だ。そのせいでスザンヌに走ったとぼくは思っていた。物事がいまほど複雑ではなかった時代を思い出したいという、ただの身勝手な考えだ。四年前、アナとともにメキシコで過ごした一週間の休暇のことが頭に浮かんだ。シカゴで出会った翌年のことだ。あのときのぼくといまのぼくが同じ人間とはとうてい思えない。ぼくはスペイン語を学んでいたけれど、アナはそうではなく、ひとりではどこへも行けなかったから、ぼくはアナを連れてベラクルスの街を歩きまわった。アナの世話を焼いて食べ物や切符や衣類を買い、アナが観光客向けの土産物をさがす市場や店では、老婦人たちと冗談を交わした。当時はアナに頼られてもめんどうだとは感じなかった。そんなふうには考えもしなかったものだ。

そのとき、スザンヌはいまどこにいるのかと思った。もうイングリッドの部屋を出たのだろうか。あのショウジョウバエの群れを通り抜けて、背後から現れるのだろうか。何か言いたいことがあるかもしれない。つい不機嫌になってしまった、それだけよ、と言うかもしれない。ぼくたちは前にいたところにもどる。今夜、アナと近所を散歩したあとで、スザンヌの部屋へまた行こうと思った。部屋の明かりはついていて、闇のなかの輝きでぼくを階上へ誘うだろう。

だが突然、センターへ行きたい衝動に駆られた。机の前にすわって、新しい国で生きていく秘訣を聞きたくなった。ぼくはカレッジ・ストリートを西へ曲がり、足を速めた。一度でいいから、逆の立場になりたかった。聞く側にまわって、自分のためにていねいな説明をしてもらい、だれかから答を教わりたかった。さまざまな危険や落とし穴について。

〝慣れるしかありませんね〟と、ぼくは毎日言っていた。ニカラグア人やエルサルバドル人やチリ人たちに。戦災移民たちに。独裁者や破綻した経済や暗殺部隊から逃げてきた人たちに。

〝落ち着いて。この場をしっかり感じてください。ぼくたちが仕事さがしのお手伝いをします。この町に住む秘訣をつぎつぎ見つけて、もう驚くことがなくなったら、ここがあなたの故郷になるんですよ〟

守衛が施錠して帰ったあとで、忘れ物に気づいてオフィスへとりにもどるときに備えて、ぼくはいつも鍵を持ち歩いている。その鍵を使って、センターにはいった。建物のなかは静かで暗く、ド

ア の上の赤い非常灯だけが光っている。避難経路だ。ここは慣れ親しんだ世界とはまったくちがう。ふだんはありふれた喧騒が見られ、赤ん坊の泣き声や電話が鳴る音、コーヒーや汗のにおいに満たされている。いまは人々が下の通りで発するかすかな音しか聞こえない。

受付のそばを過ぎて、自分のオフィスの前も通過した。開いているドアから、きのうグアテマラシティの老婦人がくれた一輪の白いバラが見えた。ひとりでカナダに来た人で、トロントに知人はなく、英語を話さなかったので、頼るあてのない人を受け入れる家族に紹介したのだった。ぼくは反対側の端まで歩いていき、壁に留められた黒板の前で止まった。その黒板は毎晩、守衛のひとりがきれいに拭く。ぼくは白いチョークを粉受けからとり、一瞬強く握った。黒板にチョークを押しあてて、描きはじめた。スペインの大聖堂の壁にあるハートを想像して描く。そのハートに先端がとがった矢を突き立てる。それから、ドアへ向かってあとずさりしていき、非常口の赤い光の下に立って、指の腹についたチョークの粉をさすりながら、闇のなかでハートが脈打つのを待った。最初の血の一滴が傷口の表面で玉になるのを待った。

VII

敗退した一週間後、ロッティは友人とふたりでバスに乗り、キール[*1]へ向かった。飛びこみ競技の初日に会った青年が八メートル級レースに出場するのを見るのが目的だった。その日、海は荒れていた。風が水の帯を幾すじもの黒い布切れのように持ちあげ、空にはたきつける。天気はこっちに有利だ、と横にいた男が言った。うちの選手たちはこんな天気に慣れているからな、と。なんと言っても、地元の海だ。ロッティは若者たちがヨットの準備を整えるのを岸から見ていた。この距離からは、クルーのなかからこの前会った青年を見つけることはできない。七つの人影がすばやい身のこなしで動き、船尾のマストほどの幅しかない細長いデッキを行き来しながら声をかけ合っている。その姿は小さく、懸命な様子だ。出場するヨットは六艇。ロッティはそれがスタート地点のブイに向かうのを見守った。帆が風をはらみ、それを彩る知らない国の旗と色が空を満たす。スタートの号砲がとどろくと、水上からいくつもの声が響き渡り、周囲の観客が飛び跳ねる。ヨットが沖に向かって進みだし、立ちのぼった白い水しぶきの雲を掻き分けていく。ヨットが遠ざかるのを見ながら、ロッティはその国々のことを考えた。イギリス、スウェーデン、それらの国の男たちがオーク材と帆布と風を操って、最初にフィニッシュラインを越えようと工夫を凝らす。立ちのぼる水の黒壁の向こうへ最後のヨットが消えるまで、ロッティは国の名前を繰り返し唱えた。

＊1—ドイツ北部の港湾都市。ベルリン・オリンピックでもミュンヘン・オリンピックでも、セーリング競技が開催された。

VII

Madrid Waterworks

マドリード上水道

一九九二年の夏に、エル・アタサル貯水湖[*2]の上でぼくの両親が二度目の結婚式をあげたとき、ふたりは奇跡を求めていたわけではなかったと思う。貯水湖の底には、かつてヌリアとぼくがスキューバ・ダイビングでちょっとした宝さがしをした町が沈んでいた。簡素な式にしたい、と両親は言った。よけいなものは要らない、と。けれども、その午後にやはり奇跡が起こった。不可能を可能にする守護聖人ユダ・タダイが、式のさなかに水中から燦然と姿を現し、午後の太陽のもと、赤い砂岩の髪から水をしたたらせて輝きを放ちながら、聖ユダ本人ですら驚いたであろう物語の証人になった。

式の計画を聞いたのは、両親と散歩に出かけた日だった。小道の両側には、カモミールや紫のミントの花や、マドリード近郊の山岳地帯でいたるところに見られる粘り気のある緑の草――名前は〝ハラ〟――が両側に生えていた。やがて、ぼくたちはエル・アタサルの端に立った。そこは石灰岩と花崗岩でできた天然の渓谷で、末端部分が巨大なコンクリートの擁壁で堰き止められている。その日は燃えるように暑かった。南から吹きあがるゆるやかな風は、湿りを帯びて気怠く、空を映す鏡のような水面《みなも》にまだら模様を刻む。ぼくがはじめてここでもぐったときに知り合った老人が、おんぼろの筏で釣りをしていた。ヌリアとぼくがダイビング用にときどき借りた筏だ。古い腐りかけの厚板が、針金と撚り糸と透きとおった青いポリウレタンの帯とでつなげられ、大きな浮き桟橋がふたつできている。ぼくは車から持ってきた水のボトルをヌリアに渡した。

貯水湖を見渡しながら、ぼくたちはマドリードの上水道の歴史を両親に説明した。ヌリアは、一五六〇年に造られた県で最も古いダムについて話した。それはアウレンシア川の灌漑用土堰で、ラ・グランヒヤと呼ばれている。ダムのなかには、あまりにも古くて草に埋もれているせいで、自然の地形とほとんど見分けがつかないものもある、とヌリアは言う。そして、いまも新しいものが建設されている。スペイン全土にすでに千を超えるダムがあり、二千八百平方キロが水中に沈んでいる。フランコ政権下だけで何百ものダムが造られた。内戦後に電力と水が致命的に不足して、そのとき貯水湖を作るのに最適だった土地が、いま目の前にあるような深い石灰岩の渓谷だった。しかし、建設が盛んに進むにつれ、環境問題に加えて社会問題も生じた。人が建設のさまたげになった。渓谷の底に町があると、住民は立ち退きを強いられた。ほかに選ぶ道はなかった。補償金が支払われ、持ち物を撤去するのに六か月の猶予が与えられた。たいがい新しい町が近くに造られ、棄てられた町と同じ名前がつけられたものだ。住民たちが残したものを求めて、かつてヌリアとぼくはここに来た。ダイビングをしたのはそのためだった。

「ここでヌリアが教えてくれたんだ」ぼくは言った。ヌリアがボトルを父に渡す。緊急のときにマスクから水を取り除く方法や、一本の空気タンクをふたりで共有する方法を教わっていた。圧縮さ

＊2―スペインのマドリードの北に、フランコ政権下の一九七二年に造られた貯水湖。

れた空気の吸い方もだ。当時は水位がもっと高くて、谷の真ん中のいちばん深いところでは、おそらく二十メートルあっただろう。ぼくは水底の町で通りを泳いでいたマスのことを両親に話した。中には四、五キロはありそうな大物もいて、闇を切り裂いて弧を描く水中ライトの光に驚いていた。ここではどんな形でも水にはいることが禁止されているが、週末に水を求めてマドリードから来るダイバーや記念品ハンターの面々には人気の場所だった。取り締まられることはない。ヌリアとぼくはそのとき見つけた小物を持ち去らなかったけれど、ほとんどのダイバーは水中で見つけたものを車のトランクに忍ばせて、墓荒らしが死者の思い出の品を運び去るかのように持ち帰った。

「正確にはどこ?」母が尋ねる。ぼくは池の先のいちばん深いところ、釣りをする老人の左のあたりを指さした。「でも、みんな抗議しなかったの? ひとつの町をこんなふうに沈めるなんて」そう言って、組んでいた腕をほどき、指を鳴らした。

「独裁者はなんでも好きなようにできますから」ヌリアが言う。

父がヌリアにボトルを渡した。それから母の耳に顔を寄せて、何かささやいた。

「隠し事はやめようよ」ぼくは言った。父は母から体を離して微笑んだ。来た方向へ目を向けると、聖ユダ・タダイの教会の尖塔が、セルベラ・デ・ブイトラゴの空高くにそびえていた。丘の上にあるその町は、棄てられた町の住人を受け入れるために造られた。ヌリアが残りの水をぼくに渡す。両親はどちらも貯水湖の真ん中を見つめている。筏で釣りをする老人をながめているのだろう。ぼくの経験からわかるが、きょうはうまくいっていないはずだ。放流されたマスですら、こんな暑い日には食いつかない。

マドリード県ではその夏、貯水率が二十パーセントまでさがって、ここ十年で最低となった。庭や芝生への水撒きは禁止された。テレビとラジオでは、しきりに節水を呼びかける宣伝が流れる。トイレをごみ箱として使わないように、と宣伝では言う。蛇口から水が漏れないように。春からろくに雨が降っていなかった。前日にエル・アタサルへ向けてM一三一号線を車で走ったとき、ほかのふたつの貯水湖の横を通り過ぎた。エル・ベジョンと、エル・エンバルセ・デ・サンティリャーナだ。カナダを離れてマドリードに来てから、その両方で釣りをしたことがある。貯水湖に放流されたマスは何を餌にしてもたいてい食いつくから、ここでの釣りは簡単だ。地元の人たちはトウモロコシの粒を使う。以前、三人の少年が見守るなか、マンサナレス川でドライフライを使って釣りをして、五分もかからずにずいぶん大きなニジマスを四匹釣った。少年たちはフライで魚を釣るのを見たことがなかった。どこから来たのか尋ねてきたので、マスを一匹ずつ渡すと、三人は礼を言って堤防をあわただしく駆けあがり、丘の向こうへ姿を消した。しかしいま、ふたつの貯水湖の横を過ぎたとき、後部座席にいた両親の視線の先にあるのは硬く干あがった大地だった。見えるのは、日にさらされて白く固まった干潟と、その真ん中を流れるひとすじの細い水脈だけだ。

「去年の夏、あそこで釣りをしたんだ。信じられないだろうけどね」ぼくは父に言ってブレーキを踏んだ。父とはずっといっしょに餌釣りをしてきたが、父がここにいるあいだにフライフィッシングを教えたかった。数日あればこつがつかめるよ、と伝えた。

けれども、ヌリアはあまり釣りに興味がなかった。水に関することではダイビングのほうが好きだった。ヌリアの博士論文は、水没したスペインの町についてだった。それがぼくたちが出会ったきっかけだ。ふたりとも干魃に関心があった。そして、オリンピックにまつわる一族の過去にも。ただ、ぼくが雲を研究していたのに対し、ヌリアは人々に目を向けていた。近ごろは、スペインでの雨乞いの民間伝承と、バレンシアの水管理法廷の歴史についてまとめていた。町の人たちが低く垂れこめた巻き雲へ向けて爆竹を放ち、無理やり大雨を降らそうとしたこともあるという。それは内戦後にいっそう盛んになった。スペイン全土で干魃が悪化した一方で、空へ撃ちこめるダイナマイトがまだ余っていたからだ。ヌリアは最初の著書で採りあげたすべての町で少なくとも一回、合わせて二十八回もぐった。ミュンヘン・オリンピックの年に完成したエル・アタサルは、ぼくたちの大好きなダイビング先だった。水底の町がとてもよく保存されていたからだ。青と白の道路標識が砂岩の建物の側面に固定されていて、泳いでいくと、いまでもはっきりと道を示してくれる。大通り《カージェ・マジョル》から右折して、ディビノ・パストルという袋小路にはいる。最後の夏には、ここで子供たちが、自分たちの町に何が起こるのかを知りもせずにサッカーをして、空へ叫んでいたのかもしれない。ぼくたちはこの夏、すでに三回もぐっていた。曲がった古いスプーンやフォーク、ブローチ、陶器の皿三枚、入れ歯ひと組を見つけたけれど、全部そのまま残してきた。

その日の昼食のとき、ヌリアが自分の家族のことをぼくの両親に話した。〈カサ・ペペ〉という、この町でぼくたちがひいきにしているレストランでのことだ。上の階はホテルになっていて、ダイビングをしにきたときにはよくそこに泊まった。ガーリック風味のベイクドポテトを添えたラム肉と、ピッチャー入りのビールを注文して、椅子の背にもたれかかると、テラスへ通じる出入口から一頭のロバが見えた。縄で杭につながれ、山積みになった刈り草を食んでいる。出入口にはビーズのカーテンがぶらさがっていて、風が裏庭からロバのにおいを運んでくると、小さく音を立てて揺れる。テラスのはるか下に水面が垣間見えた。

隣のテーブルには年老いた男がふたりいた。ぼくたちが店にはいったとき、微笑んで手を振ってきた。ふたりとも顔見知りだ。ヌリアは名前も知っている。ヌリアは髪に飾っていたローズマリーを抜き、テーブルの真ん中に置かれた水のグラスに挿した。ダムからの帰り道に摘んだ母からもらったものだ。ビールが運ばれてきて、ぼくはそれをみんなのグラスに注いだ。

母と父はまだヌリアのことをほとんど知らなかった。ぼくたちはマドリード市庁舎での民事婚の形で、あわただしく結婚していた。同棲をはじめて一年近く経ったとき、ヌリアが病院でリンパ腫の診断を受けた。六週間にわたって検査を受けたり、向こうの世界には何があるのかと夜通し語り合ったりしたあと、専門医がぼくたちを診療室へ呼び、誤診だったと謝罪して、症状を見誤ったいきさつを説明した。ヌリアは健康だったのだ。結婚式に両親を招く暇はなかった。その瞬間はぼくたちだけのもので、式は生きていることへの祝福だったと言ってもいい。いきさつは式のあとにぼくが手紙で伝えたので、両親もすでに知っていた。しかし、ふたりはあらためて静かに耳を傾け、信じられないと言いたげに首を振った。医師にまつわるわが家の忌まわしい経験を思い出したのだろう。ヌリアの話を聞きながら、母の右目の端に涙がひとしずくにじみ出た。

「オリンピックのことを話してやってくれ」ぼくはヌリアに言った。話題を変えたかった。父の表情が明るくなる。食べ物が運ばれてきて、ぼくはラムを取り分けはじめた。「きみのおじいさんとおばあさんの出会いについて、教えてやってくれ」

「うちの祖父もセーリングの選手だったんです。しばらくドイツの代表チームにいました」ヌリアは言った。「長いあいだではなくて、二、三か月でしたけど。でも、ヒトラーのせいでベルリン・オリンピックには出場できなくて。それで祖父はスペインに来たんです」ぼくがテーブル越しに手を伸ばしてラムを彼女の皿に載せると、ヌリアはことばを切って、目で何かを強く訴えかけてきた。

「その夏にバルセロナでファシズムに抗議するオリンピックが開かれるという話を聞いたからでした。反ヒトラーの大会です、たぶんご存じでしょうけど。ドイツからユダヤ人がたくさん来ました。

ところが、こちらでも内戦がはじまって、大会は中止になった。そのとき祖父は祖母と出会ったんです。祖母はスペイン代表のアーチェリー選手でした。祖父は共和派の市民軍に加わります そういう選手がたくさんいたんですよ。みんな、はじめのころにバルセロナで市街戦に巻きこまれて、共和派の大義に魅せられた。もっとも、ほとんどが前から社会主義や共産主義に傾倒していたんですけど。祖母は結婚してすぐ妊娠しました。そして、ここで出産した。でも、祖父が戦死したあと、母を連れてほかの難民たちといっしょにフランスへ行ったんです。終戦の直前でした」

「わたしの父はおじいさんを知っていたかもしれないな」父が言った。「つまり、ドイツで、ここに来る前にということだがね」グラスを手にとり、感慨深げにそれを見つめた。口をつけずにそのままおろす。「きっと知り合いだったはずだ。同じチームにいたんだから。同じヨットに乗っていた可能性だってある。ふたりがいっしょに写っている写真が、うちにあるかもな」

ぼくは残りのポテトを掻き集めた。「帰ったら見てみるといいさ」

「おじいさんはどの種目の選手だったかわかるかな」父は尋ねた。「八メートル級かな。ドラゴン級？」

ヌリアはかぶりを振った。

「すみません、ドイツの代表チームにしばらくいて、それからこっちに来たってことしかわからなくて」

「ねえ、ヨーゼフ。いま話しましょうよ」母が言った。「ちょうど家族やヨットの話も出たことだし」皿を横に寄せて、グラスを手にとった。顔に笑みがひろがる。「お父さんとわたしで考えてたことがあるの」目の輝きが見てとれた。とたんにぼくは緊張した。母の声には含みがある。ここに来る前に送ってきた手紙とかけてきた電話の内容のほかに、ふたりが何かを計画しているとは想像もしなかった。わかりきったことだけをすると思っていた。日帰りの巡遊、マドリードの散策、田舎のドライブ。オリンピック観戦のためにゆっくりバルセロナへ向かう旅。あの巨大竜巻のときに別れたものの、ふたりはよりをもどしてまたオークビルの家に住んでいた。母が春に植えたトマトとヒマワリのことや、エンドウとトウモロコシのことや、ルビーとぼくが子供のころ遊んだ庭を囲む針葉樹の生垣のことも聞かされるだろう。レティーロ公園のクリスタル宮殿で母がヌリアと並んで立ち、結婚生活のガラスの壁について語ったり、いっしょになって幸せかと尋ねたりする、そんな場面を想像していた。母はできるかぎりの助言をしたうえで、結婚生活は終わりに近づくまで理解できないものだけど、だれもが時間をかけて考え悩むだけの価値がある苦しくも美しい営みだと言い聞かせるだろう。そして、ふたりが散歩しながら話しているあいだ、父とぼくは海洋研究所か観測所か、あるいは大学のぼくの研究室へ足を運び、ぼくはそこで内戦後にはじまったイベリア半島の干魃パターンについての研究の話をするだろう、と。

「もう一度、結婚することにしたんだ」父が言った。「今年で結婚して三十二年になる」母がテーブル越しに腕を伸ばして、父の手をとる。

ぼくはグラスをテーブルに置いた。なんとしても時間をさかのぼりたいなんて、と思った。そんな考えはどこから来たんだろう。緑と白のビーズへ目をやると、その向こうに裏庭のロバと彼方の水面が見えた。ぼくはテーブルに視線をもどした。父が笑みを浮かべてうなずく。

「本気なのか」ぼくは尋ねた。父はそうだと言う。

「母さんは？」

あらためて考えると、ふたりは到着してからずっと、なんだか様子がおかしかった。初日に空港の駐車場で、父といっしょに車のトランクに荷物を詰めているとき、父はぼくの耳に口を寄せ、スペイン語で「愛している」はどう言うのかと尋ねた。ふたりはしじゅう手をつなぎ、軽く短いキスを何度も交わした。ヌリアは、ふたりのあいだにそれなりに問題があったことを知っている。ルビーの死んだ一年後に母が家を出たことも知っている。けれども、いまふたりはもとの鞘におさまっていて、懐かしい記憶にあるままの両親をヌリアに見せられるのがうれしかった。マドリードのグラン・ビアでも、プラド通りでも、マヨール広場周辺の曲がりくねった小道でも、歩くふたりは授業の合間にこっそりキスを交わす高校生のようだった。それを見ながら、これはバルセロナのせいだろうか、オリンピック開催地への旅がふたりの最良の部分を引き出したのだろうか、と思った。あるいは、もうふたりきりで子供を気にかける必要もなく、この上なくわがままなありのままの自分のことだけ考えていればいいから、いつになく安らいでいるのだろうか。

「貯水湖を見たよ」父は言った。「完璧だな。あの筏ならいい」

貯水湖の話が出て、ぼくはまた記憶のなかに引きずりもどされ、父の母が死んだ日に、鉄分を多く含んだ水が椀の形に囲われた父の大きな両手を死の黄色に染めていた様子、父の頭部が闇に呑まれていく様子が目に浮かんだ。ハウスボートの側面に腰かけた祖父は、脱ぎ捨てられた上着や靴の山に囲まれて、妻が水面へもどるのを待っていた。

ぼくは椅子の背にもたれかかった。「筏がどうしたんだ」

「きょうあそこで見た筏で式をあげる」

「バルセロナ・オリンピックには新婚で臨みたいの」母が言った。ぼくは助けを求めて、テーブルの向こう側のヌリアを見た。それがどれほど無茶なことなのかについて、ひとこと言ってもらいたかった。ぼくたちはここではよそ者であり、これほど小さくて警戒心の強い町でうまく事が運ぶわけがないと断じてもらいたい。しかしヌリアはグラスを掲げ、両親も小さなビールグラスを持ちあげてじっと待った。ぼくがいようといまいと、やってのけるつもりだろう。止めることはできない。たぶん、あけ放たれた出入口にかかったビーズのカーテンが音を立てた。ロバのにおいが運ばれてくる。たぶん、この日に貯水湖で、両親はぼくが見なかった何かを見たのだろう。ぼくもビールを掲げ、四つのグラスがテーブルの真ん中で軽くぶつかった。

「愛の不思議な行く末に」ぼくは言った。
「アーメン」三人が言った。「アーメン」

筏は補強が必要だったが、釣り師の老人はたいして手間はかからないと言う。どうやら承諾してくれそうだが、町の神父が見ず知らずのルター派信者の結婚式を壊れかけた古い小舟の上で執りおこなうはずがない。ふたりの計画はそこで頓挫して、ぼくたちはまた車に乗ってバルセロナへ向かうのだろうと思った。ところが、ドゥケ神父はこの依頼におかしなことなどないかのように、笑顔でうなずいて引き受けた。ヌリアはここでかなりの時間を費やして、博士論文のための調査をしてきた。神父にもすでに何度も会って、水没の精神的、社会的影響について尋ねている。人々の物語を伝えるのに力を尽くしていたから、おそらく神父はヌリアに恩義を感じていたのだろう。両親は簡素な式にしたいと言っていたけれど、体の面でも心の面でも、簡素からはほど遠いものになるとぼくにはわかっていた。

翌日、父にフライフィッシングのしかたを教えた。両親の計画について、もっと話を聞けるかもしれないと思った。ふたりきりで。ただし、無理に話させるつもりもなかった。部屋で寝ているヌリアと母を残し、ぼくたちは夜明け前の暗く静かな町の目抜き通りを歩いた。貯水湖までは五分もかからない。小道にはいってからは、露で茎がたわんで傾いたミントとローズマリーの花が脚をこすったので、空中に朝食のお茶の香りが漂った。

　ぼくは靴と靴下を岸に置いて、膝が浸かるところまで水中を歩いた。水面は一インチあるかどうかの薄い銀の靄に覆われている。キャスティングの方法をいくつか見せて、父がよく知る釣りとは竿と糸の使い方がちがうことをまず説明した。フライには重さがなく、釣り糸の重さでフライを魚のところまで運ぶからだ。はじめにフォワードキャスト、つづいてサイドキャストの動きを見せ、後ろを振り返って説明を加えた。釣り糸よりも先にフライを水面に落として、魚が怯えずにフライに食いつける機会を与えるのが理想的なキャスティングだ。それから、父も靴と靴下を脱いでぼくの靴の横に置き、水にはいった。ぼくの左に立って、水上でフライを動かすのを見る。ぼくは左手で太い黄色の釣り糸を引っ張って操り、右肩の上で釣り竿をVの字の形に揺らした。釣り糸がたわんでからまっすぐに伸び、釣り竿の先を追ってぼくたちの頭の後ろに来る。空中に長い弧を描く。ほの暗い朝の太陽が石灰岩の丘の向こうから少しずつのぼってきて、涼しげな光を湖面に落とす。

　ぼくは釣り竿を手渡して父の背後に立ち、膝をそっと父の膝の裏にあてた。父の左肩越しに前を見て、握り方と腕や竿尻の位置が正しくなるよう手助けする。まず、父が自分で問題に気づけるようになるまで、いっしょにオーバーヘッドキャストを練習した。釣り糸がぼくたちの頭の後ろで鋭い音を立てたあと、いびつにたわんで、荷物を置いてきた砂利の岸をかすめる。もう少しで靴から靴下を釣りあげるところだった。父はリールで糸を巻き寄せ、ぼくはフライを重い糸につなぐ細長いリーダーがもつれているのを父に見せた。竿の先端を頭の後ろから早くもどしすぎたのだ。右肩の上で空中に描くVの字について、ぼくは説明した。頭の後ろでいったん動きを止めて、糸がみずからの意志と勢いでリールから出るのにじゅうぶんな時間を確保しなくてはいけない。そして糸が伸びきって、ほんの少し竿を前に傾けただけで肩を越えてもどってくる状態になったら、竿を前に引いて糸をもどす。練習すればできるよ、とぼくは言った。竿のエネルギーを探りあてて理解し、竿の先端と自分の手首、腕、肩を通じてそのエネルギーを伝えていくわけだ。父から竿を渡されて、ぼくはさらに二度キャスティングをした。黄色の糸がトカゲの舌のように水上へ伸び、反転したみずからの黄色い像を黒い湖面に映し出して、十六番のブラッドワーム・ミッジピューパを三十フィート先にそっと落とす。フライが沈む間もなく小さなマスが姿を現し、その魚が針にしっかりとかかったところで、ぼくは竿を父に渡し、父はたやすくそれを引き寄せた。糸はぴんと張り、竿の先端は父と魚のあいだで水面に対して四十五度の角度を保っている。ぼくは後ろへさがり、父が風と嵐の不思議な世界へいざなってくれたときと同じように、辛抱強く見守った。いまはぼくが父の先生だ。父はぼくのほうを見て笑い、視線を湖面にもどした。見えない水中のどこかで魚が抗っている。父はその魚を引きあげ、右の脇の下にロッドをはさんだあと、ぼくが教えたとおり、マスの体を覆う薄い粘液の膜を傷つけないよう水で手を濡らし、そっと口から針をはずした。湖へ放たれたマスはふたたび闇のなかへ消え、いま自分の身に何が起こったかを振り返ることになった。

さらに一時間練習して、父はオーバーヘッド・キャストのこつをつかんだ。水上の靄は消え、太陽が空にのぼって、貯水湖と世界を隔てる丘の上にすっかり姿を現していた。いまはもう空が青く、水を長時間見たときに生じる紫の光が、岩や、先のとがった細い草や、低木を包んでいる。ふたりで靴下と靴を履き、ミントとローズマリーの茂みを抜けて小道をもどると、町では母とヌリアがホテル脇のバルのテラスでコーヒーを飲み、カスタードアップルを食べていた。ロバもまだ杭につながれてそこにいて、朝の静寂のなか、草を食む音がはっきりと聞こえる。

「さあ、愛しい男たち」母が言った。ぼくは釣り竿を壁に立てかけた。父が母の横に腰をおろすと、母はスプーンに載せたチェリモヤ[*3]を渡した。「食べてみなさい」母は言った。「はじめて食べるよ」父はそれを口に入れると、ヘンリー八世を揶揄した漫画のようにスプーンをおもしろおかしく握り、種をよけて実を食べながら頬と顎を動かした。

「すごくうまい《ゼア・グート》」父は言った。ホテルのオーナーでこのバルでも働くホセに、ぼくたちはコーヒーとマフィンを注文した。ホセが緑と白のビーズのカーテンの向こうに消えたあと、ぼくたちはヌリアと母に、貯水湖で過ごした朝のことや、ふたりがかりで釣りあげた魚のことを話した。

昼食の前に、さらに結婚式の準備を進めた。その日の夕方には、町じゅうにぼくたちの計画が知れ渡っていた。通りを歩くと、みんなが両手で口を囲って「新郎新婦万歳《ビバン・ロス・ノビオス》」と声をかけてくる。ヌリアとぼくが新婚だと勘ちがいした人もいて、結婚するのは母と父だと説明したけれど、まちがえるのも無理はなかった。その夜のうちにはだれもが事情を呑みこんだらしく、行く先々で握手を求められ、ワインをもらって、父とぼくは背中を叩かれた。その多くはヌリアのおかげだった。メリアがここで聴き取り調査をしてきたおかげで、ほとんどの人が知り合いだったからだ。町長までがぼくたちを路上で呼び止めて、ヌリアにあらためて挨拶した。小柄で顔が赤く、指にニコチンの染みがある男で、できることはなんでも喜んで協力すると請け合った。よそ者なのに、ぼくたちのおめでたいニュースはいたるところで歓迎されているようだった。

翌朝、ぼくはバルセロナがその後どんな様子かを確認した。部屋にテレビがあった。オリンピックはまだ三日目だったけれど、一部の種目はもう決勝まで進んでいた。セーリング、飛びこみ、体操はまだはじまっていない。チケットは入手してある。四日後にはバルセロナへ向かうことになっていた。発つのは結婚式の翌朝で、当初の予定より三日遅れだ。ボクシングの様子がしばらく映ったあと、ボスニアに関するニュース速報がはいった。かつての冬季オリンピック開催地サラエボが百日以上にわたって包囲されているとアナウンサーが伝える。ぼくは音量をさげた。結婚式のことで頭がいっぱいだった。早く車に乗って、先へ進みたい。テレビの画面に目をもどすと、難民が列

＊3——南米原産で、世界三大美果のひとつとされることもある果物。果肉がクリーム状で甘く、カスタードアップルとも呼ばれる。

をなして北の丘へ続々と移動しているのが見えた。

翌日、最初の厄介事の知らせが届いた。部屋のドアがノックされ、町長が戸口に立っていた。ぼくはテレビの前にいて、ひげ剃り用のブラシを手に持ち、顔の半分が石鹸の泡で覆われていた。馬術競技を観ているところだった。町長の話によると、水道会社カナル・デ・イサベルIIの技術者が、プエンテス・ビエハスの擁壁に構造上の損傷を見つけたらしい。プエンテス・ビエハスはここから十キロほど北にあるダムで、ぼくたちがいる水系の中央に位置する。至急修復をする必要があるという。もし修復が終わる前に決壊したら、その下流にある数々のダムがあふれ、その過程で何十もの町が水浸しになる。連鎖反応が起こるだろう。まずエル・ビヤール、それからぼくたちがいるエル・アタサル。この夏の貯水率は二十パーセントだった。しかし、三つの貯水湖を合わせると、面積は二十三ヘクタールを超える。念のために、下流のふたつのダムで放流をおこなうわけだ。町長の話では、あさっての午前零時から放水がはじまるという。ついさっき、マドリードのカナル・デ・イサベルIIからの電話を切ったところらしい。町長にはどうすることもできない。必要な安全措置だった。

結婚式を前倒しにしてもいいと告げると、町長は顔を輝かせてうなずいた。さっそく新しい計画を練りはじめたヌリアと町長を部屋に残して、ぼくは廊下を横切って両親のもとへ行き、マドリード上水道のせいでショーの予定が変わると伝えた。父はバスルームのドアのそばに下着姿で立っていて、母は窓際の椅子で膝に編み物を載せたまま、眼鏡のふち越しにこちらを見ている。ドゥケ神父を見つけて、式の日程を変えられるかを確認しなくてはいけない。そして、筏を借りる予定の釣り師の老人にもだ。あれこれと修理していたが、あすまでに終わるだろうか。町の人はみな、水位の危機のことを知っていた。午後に町を歩いていると、だれもが悲しげな目でこちらを見て、まるで急に葬式と化したかのように慰めのことばをかけてきた。

夕食の前、両親が〈カサ・ペペ〉のパティオであわただしく式のリハーサルをしているあいだに(ヌリアは通訳としてそこにいて、草の山を食むロバがものぐさな唯一の立会人だった)、ぼくはフライフィッシング用の竿を持って貯水湖へ行き、水が抜かれる前の最後の運試しをした。十二月になってようやく雨が降ったら、そこはまた水で満たされる。とはいえ、マスはほかの水域、おそらくナバセラダかナバルメディオへ放たれて、水中に沈んだ別の町の廃墟を泳ぎまわることになる。エル・アタサルの水が抜かれるのは今回がはじめてだ。貯水湖南端の沼地を通って水が一気に流出し、水中の町に連なる屋根が時間の再始動を感じる前に、二十二年前に水没して以来はじめて通りに風が吹き抜けるのを感じる前に、ぼくはそこから何が得られるかをたしかめたかった。

今回も十六番のミッジピューパを使って、十から十二フィートの深さで釣った。非難をこめた人差し指のように岸から貯水湖に突き出た場所から、弧を描いてキャスティングする。ここにもぐったときの経験から、よく晴れた日でも太陽の光はその程度の深さまでしか届かないと知っていたし、水草が茂る場所のすぐ上にマスがいるのもわかっていた。ぼくはオリーブ色のドラゴンフライの毛鉤を試し、そのあとでオリーブ色のダムゼルフライの毛鉤を使った。何もかからない。太陽が背中のほうへまわっていく。五十フィート、もしかしたら六十フィートぶんキャスティングし、左手の親指と人差し指で糸をたぐり寄せながら、ゆっくりと円を描くように穏やかに動かし、カゲロウやエビが餌をさがす動きを真似する。すると突然、手にした竿がふたつに折れるほどに大きくたわんだので、先端を空中に引きあげたところ、マスが水から姿を現して、水面で大きく尾を振りながら輝きを放ち、ふたたび水中に消えてすばやい動きで深くもぐっていった。甲高い音を立ててリールから糸が出ていく。ぼくは左手で押さえて、糸が引かれる勢いを弱めた。残りが五ヤードほどになったところでリールを止めると、湖のほぼ真ん中からもう一度マスが水上に現れた。空中に跳ねあがり、赤と銀が光って、虹のようにきらびやかで明るい輝きを放つ。そして、自由の身になって着水した。竿がまっすぐ伸びる。ぼくはぐったりと岸にすわりこむと、体を震わせて両手を見、また顔をあげてマスが消えたあたりへ目をやった。そうしてすわっているうちに、渓谷の向こうにひろがる東の乾いた平野から夜がやってきた。ぼくは立ちあがり、夜が地上を移動していくのを見守った。巨人がとてつもなく大きな影を地上に落としているかのようだ。きびすを返して町への小道を足早にもどると、〈カサ・ペペ〉でみんながぼくを待っていた。リハーサル後にドゥケ神父を夕食に招くことになっていたからだ。

ぼくが店にはいって合流したとき、ドゥケ神父は両親にスペイン語を教えていた。ワインはすでに二本目だ。最初、互いに相手の話す内容をまったく理解していないように見えた。父はドイツ語と英語とラテン語を混ぜて話している。ヌリアが三人のほうに身を傾けて、通訳をしながらいくつかの単語をナプキンに書く。テーブルには豚耳の皿、スペイン風オムレツの皿、チーズの載った木の板《タブラ》が並んでいる。ホセが新しいボトルを持ってきた。あさって水位がさがったら、町を少なくとも一部は見られるはずで、それをヌリアが楽しみにしているのをぼくは知っていた。結婚式が終わったらたちまち仕事モードにはいって、写真を撮ったり、ぬかるみを蹴ってまわって、ここに何度ももぐったときに見逃していたものがないかとさがしたりするんだろう。ヌリアにとっては予期せぬ機会が訪れたのであり、タンクの圧縮空気を吸いながら水中ライトの灯りだけを頼りに手探りで作業するのではなく、自然の空気を吸いつつ町を調べまわることができる。けれども、ぼくが席についたとき、ヌリアは首をかしげ、どうかしたのかと尋ねたそうな真顔になった。ヌリアは口に出して質問したのではなく、ぼくも貯水湖から小道を帰るときに妙な感じがしたことは話さなかった。しかし、ぼく自身はよくわからなかったのに、ヌリアは何かが起こったのに気づいていた。ヌリアはぼくのグラスにワインを注いで、しばらく話題をぼくからそらし、落ち着きを取りもどせるようにしてくれた。

翌日の夕方に貯水湖へ行くと、町の人の半分が岸に集まってぼくたちを待っていた。いかにもマドリードらしく、何人かの女性がチュラパという水玉模様のぴったりした伝統的ドレスを身にまとい、頭にはハンカチを巻いて、てっぺんに赤いカーネーションをつけている。ゆうべぼくが引き返した小道を通って、みんなで坂をくだった。母の顔が紅潮する。見たことのない服だったから、母は歩みをゆるめて女性たちと衣装について話したかったにちがいない。幼い少女たちが花、グラスのワイン、ビスケット、モルシージャを銀の大皿に載せて運んできた。前方の岸へ目をやると、筏が待ち受けていて、釣り師の老人が約束どおりそこにいた。水上へ導いてくれる船長だ。

ぼくたちは町長と握手した。古びたスーツを着た町長はふくれあがって見え、落ち着かない様子だった。首まわりの黒いネクタイは、はじめて締めた日からずっと結びっぱなしのように見えた。スペインやヨーロッパ各地からのバスツアーを企画するのが、すでに見てとれる。このあたりの丘と貯水湖を、第二の蜜月をもたらす愛の万能薬として売り出せば、それがこの町に第二のチャンスを与えるだろう。ぼくたちがみんなと握手してまわっていると、赤と青のドレスを着て刺繡のついたエプロンを腰に巻いた少女が歩み出て、銀のトレイに載ったショートブレッドを母と父に勧めた。母はその子のドレスをじっと見ていた。袖にふれ、顔を近づけて織地を賛嘆の目で観察し、作り方を覚えようとしている。それから両親がショートブレッドをひとつずつとって、スペイン語でありがとうと言うと、少女は微笑みながら膝を曲げてお辞儀をし、人の群れのなかにもどった。

ヌリアが自分の結婚式でつけていたダビデの星のネックレスをはずして、母の首にかけた。一九三六年、自分の祖母が祖父と結婚した日につけていたものだとヌリアは母に説明する。そして左右の頬にキスをした。母は大切そうにそれをドレスの下に入れて肌にふれさせ、右手でヌリアの右手をとって、しばらく自分の心臓にあてた。

ワイン入りの革袋がまわってきたので、ぼくはそれを受けとって高く掲げ、喉の奥にワインが飛び散るのを感じた。ヌリアもひと口飲み、ドレスのポケットから出したハンカチで口をぬぐった。熱気のせいでワインはすでにぬるい。それでも喉に心地よく、ひと息つかせてくれた。

握手とワインの時間がさらに半時間つづいたあと、ぼくたちは小さな筏に乗りこんだ。釣り師の老人が前日から内側にチューブと板を加えて補強し、いまは小型のはしけぐらいの大きさになっている。ぼくたちが乗っても水中に沈むことはなさそうで、重さに耐えている。やがて六人の準備が整うと、老人は岸につないでいたロープをほどき、船尾の舵を操作して、筏を広い湖へゆっくり向かわせた。

船首には太い木の枝で作られた腰の高さほどの小さな祭壇があった。てっぺんに平らな四角い板が釘で打ちつけられ、その上に革表紙の聖書が置かれている。父は祭壇の横に立って、水のなかを見おろしていた。鏡のような水面を筏は小刻みに進んでいく。父はいま考えなおしているのではないか、とぼくは思った。冗談は終わりにして、いまは自分の母親のことを考えているのではないだろうか。父が老人に頼んでこのがらくたの山を方向転換させ、いますぐ岸にもどって、そこでふだんの父にもどるのではないか、とぼくは半ば予想した。けれども、父は水中をずっと見ているだけで、それから視線をあげて、めざす湖の真ん中へ目をやった。片手をポケットに入れ、スーツの上着を右肩にかけている。以前より体が小さくなった。縮んでいる。歳をとった、と思った。母もそうだ。年老いたカップルが、このぐらつく舞台で芝居を演じている。縮んだ花婿と、しおれた花嫁が。

老人が漕げば漕ぐほど、まわりを囲む丘が高くなっていく。水上に出てすでに四十五分経ったが、まだ進んでいる。岸で飲んだワインの酔いは、もうすっかり醒めた。湖の真ん中に行きたいと両親は言う。水の深いところでもう一度結婚したい、と。改造したばかりの筏を操る老人の手並みは頼りない。水上にジグザグを刻みながら、後ろを振り返っていびつな航跡に悪態をついたが、言いきる前にやめて、隣に立つドゥケ神父に赦しを請い、ベレー帽からベルトのバックルまで、さらには胸の前まで手を動かして十字を切った。老人が舵を操るうちに空がますます小さくなり、丘が頭上高くにまで達する。目の錯覚だと思った。この場所の不思議な力に支配され、ゆうべフライに食いついた大きなニジマスの記憶のせいで、物の見え方が変わって、何もかもが以前より大きく感じられるのだろう。岸に残った人たちは、いまでは小さな点にしか見えない。それでも、中にはまだ手を振っている人もいる。

　父が物思いから覚めて後ろを向き、ここでいい、と老人に合図した。老人は船を止めて赤と白のハンカチで顔をぬぐい、ベレー帽をとって、それを膝のあたりで両手で持った。母と父は船首へ移動し、ドゥケ神父がふたりの前に立って、速度を落とす筏の動きにつられてわずかに身を揺らす。ぼくは父の隣に立った。花嫁付添人のヌリアは母の右に立ち、バラの花束を胸にしっかりかかえている。ぼくはネクタイをまっすぐに整え、釣り糸を投げるほうの手に父の指輪を握っていた。それを左手に移し、自分の指輪の硬い表面にあてて転がす。出発した湖岸を振り返った。すでに大変なことになっていると気づいたのはそのときだ。貯水湖の周縁部で濡れた岩が太く黒い帯をなし、その幅が五フィートか十フィートにひろがっている。湖岸線が水面からどんどんあがる。水位がさがる。だから丘が大きく、空が小さくなるように思えたわけだ。ぼくはヌリアを見た。ヌリアはまだ気づいていない。だれがスケジュールを勘ちがいしたのだろう。町長か、それともカナル　デ・イサベルⅡの関係者か。六時間のずれ。両親にとっては三十二年間のずれだ。

　ドゥケ神父が話していた。それに合わせて、ヌリアが小声で通訳する。「思慮深く、成熟した愛をもって」ヌリアは言う。「あなたがたは息子と義娘《むすめ》、そして神の前で、ふたたび結婚することを決めました」

　神と妻と両親の前でぼくが見ていたのは、湖岸線があがり、濡れた岩の黒い帯が丘の前で太さを増していくさまだった。南へ数百メートル行った貯水湖の反対側の端では、水門から制御を失った水が毎秒四百十立方メートルの速さで流れ出ていて、コンクリートと鉄の巨大なダムのなかにある巣から驚いたスズメが飛び立ち、弧を描く巨大擁壁の後ろの干あがった余水路からウサギやトカゲが逃げ出しているのだろう。かなりの水量にちがいない。国内すべてのダムの詳細を一覧にした『一九八六年版スペイン国ダム目録』に、ぼくはよく目を通していた。最初の水量が二十パーセントしかなかったのだから、それだけの速さで水が抜かれたら、アタサル貯水湖はおよそ四時間で空になるはずだ。

そのとき、これは情報伝達のミスではないと思い至った。プエンテス・ビエハスが予想以上に速く劣化していて、急にスケジュールが変更されたのだろう。プエンテス・ビエハスは古いダムで、フランコが築かせた最初期のものであり、セメントが不足して質も悪かった内戦直後の一九四〇年に造られた。ここから十キロ上流でダムが決壊し、二十数ヘクタールに及ぶ水が渓谷を伝って、行く手にある何もかもをはじき飛ばしながら流れているのではないだろうか。ぼくは神父のことばを耳から締め出そうとした。底ごもりする轟音に耳を澄ます。空気の振動を感じとろうとした。そよ風に乗って運ばれたミントの香りと、口に残るワインの味しか感じない。手のひらが湿っぽい。ぼくは体を揺すり、あがっていく湖岸線を観察した。式に集中したヌリアの姿が目にはいり、手のなかで父の指輪が滑るのがわかる。

ネクタイをゆるめて背後を見ると、老人がかしこまって直立し、無意識に両手でベレー帽をいじっていた。なぜ自分が振り返ったのかわからない。ただ不安だっただけかもしれないが、ちょうどそのとき、沈んでいた最初の聖ユダ・タダイの教会がほっそりした尖塔の先を水の上に突き出すのが見えた。まるで潜望鏡をあげて光と空気にさらし、二十二年間見ていなかった世界を調べるかのようだ。すぐ近く、船尾から十フィートのところだった。振り返ったとき、ちょうどそれが姿を現した。鐘楼のスレート屋根が、午後の陽光を浴びて銀白色に輝いている。ぼくは目を細めて無理に老人に微笑みかけ、それからドゥケ神父に向きなおった。神父の目が両親と聖書のあいだを行き来したあと、ぼくのほうを向いた。話すのをやめた。同じものを見たのだろう。式を中止するのか。しかし、神父はただ待っていた。ぼくを見て、何かを待っている。父が肘でぼくをつついてきた。「指輪」と小声で言う。ぼくは震える手にみんなの視線を感じながら、指輪を袖でぬぐって父に渡した。父は母のほうを向き、金色に輝く指輪をひねったりまわしたりしながら母の指にゆっくりはめていく。ようやく関節を通り抜けると、ドゥケ神父が微笑んだ。

「誓いのキスを」はっきりした英語で神父が高らかに言った。ぼくはまた後ろを振り返った。教会が消えているのではないか、たまたま光の角度のせいで水面に錯覚が見えていただけではないか、と願っていたが、教会はまだそこにあり、さっきよりも大きく高く水上にそびえている。鐘楼は静かで空っぽだ。ぼくは両手をヌリアの肩に載せ、ゆっくりと尖塔のほうへ体を向かせた。もっと低いところにある赤粘土の瓦屋根がすでに見えていて、教会の建物が巨大海獣のように背で水を押しのけて姿を現しつつある。藻や水草でつやを帯びて輝く大きな煉瓦はドラゴンの鱗だ。筏が少し傾いた。ヌリアが驚いて跳びあがり、みんながキスや話や握手をやめていっせいに振り向いた。神父が十字を切る。ぼくたちはいま、くぼんだ谷の底近くにいて、朱色の空が頭上で細くなっていく。教会の上半分が少しずつ現れ、ついに聖ユダ・タダイ、不可能を可能にする守護聖人が姿を見せて、夕日がその右のこめかみを照らした。

　三十分近く経つと、ゆっくり進むストリップショーのように、セルベラ・デ・ブイトラゴの町の残りの部分もあらわになった。ヌリアとぼくが靴を筏に残して水底を足で探ったときには、夕暮れ近くになっていた。何か硬くて平らなものにふれ、道の敷石を探りあてたのがわかった。ぼくは筏から滑りおりて、ヌリアがおりるのを手助けした。ヌリアはドレスの裾を太腿までまくりあげて腰で押さえ、水中をさらに進んだ。両親は靴と靴下を脱いで、爪先を水に浸ける。ドゥケ神父と老人は船尾に立ったままだ。「奇跡だ《ウン・ミラグロ》」神父は繰り返し口にした。「これは奇跡だ《エスト・エス・ウン・ミラグロ》」この結婚は神に祝福されている、と思っているらしい。おそらくそのとおりだろう、と感じながらぼくは町をゆっくり歩いた。わが家のような特別な一族には、こんなことが起こってもおかしくないのかもしれない。魚の尾が脚をかすめた。新たに発掘された町のにおいが、沈みかけの太陽のもと、丘から流れおりてきたミントとローズマリーの湿っぽい香りと混じる。暗くなっていく浅瀬で、あの大きなマスが閉じこめられた鳥のように跳ねるのを見かけるだろうか、とぼくは思った。

その夜、沈んだ町の復活と奇跡の結婚式を町のみんなで祝った。ドゥケ神父はマドリードの司教館《オビスパド》のだれかに電話をかけたあと、正気にもどって、これはただの偶然だというみんなの意見を認めた。その夜、祝宴が開かれた〈カサ・ペペ〉に、聖なる奇跡に浮かれる者はいなかった。それでも、ぼくたちをセルベラの名誉町民にして、再訪したらいつでも大切な客として迎えることに全員が賛成した。町長は願ってもいない成果を得て（あとで思ったのだが、予定より早く水位をさげたのには、町長も一枚噛んでいたのかもしれない）、急いで店を出ていき、数分後には木でできた大きな名誉町民の鍵を持ってきて、ワインを口に運ぶ父と母に手渡した。町長は口に煙草をくわえ、その横には母が服をほれぼれと見ていたあの美しい少女がいた。

その夜、ぼくは酔った。店でホセと〝コスコロン〟をした。ホセが小さなグラスにテキーラと炭酸水を入れ、ぼくの手でてっぺんに蓋をして、そのグラスをカウンターに叩きつけると、テキーラと炭酸水が混ざって、飲むときに口と喉で泡立ってはじけた。セビーリャ地方の踊りをはじめる人もいて、それから父は上の階の自分の部屋からアコーディオンを持ってきて、気に入りの昔の歌をいくつか奏でた。そのあと、シュープラットラーを踊った。それは母の出身地バイエルンの伝統舞踊で、手や手のひらで太腿、尻、靴の横や裏をはたく。若い男のダンスだが、父はいまでも踊れた。

テキーラが急に効いてきた。ぼくは広場へ出て、目を閉じた。光の輪に囲まれた月が薄明かりで町を照らしている。瞼を通してそれが感じられた。柱にもたれかかって、世界が回転を止めるのを待つ。数分もあれば回復すると思った。人気《ひとけ》のない広場で、四面の壁に響く音に耳を傾けたが、ようやく気分がよくなったあとも、店にはもどらなかった。ぼくは目抜き通りを町の端まで歩き、谷底へつづく砂利道にたどり着いた。薄明かりのもとで二度、道をはずれたけれど、もどって先へ進み、やがてかつての湖岸線の端に出た。そこで立ち止まり、目の前の水が抜けたくぼみの底で、教会の尖塔が月明かりに輝くのを見る。ひと息ついて、また先へ進んだ。腰を落とし、半ば歩いて半ば滑りながら、白雲岩や粘土質の岩や長石の斜面をおりていくと、やがて底が平らになった。きのうなら、泳いできただろう。取り残された筏の横を通り過ぎて、夜の町の冷たくなった水に足を踏み入れ、教会へ向かった。

入口の上に彫られたレリーフでは、聖ユダ・タダイが瀕死の羊飼いに手でふれて命をよみがえらせている。天使たちに囲まれた場面だ。聖人の下の扉は取りはずされている。この町では、少しでも値打ちがあって持ち運べるものの多くは、最初に水に沈む前に持ち去られていた。入口を抜けて中にはいり、太腿まで水に浸かってしばらく暗闇に立っていると、聞こえるのは、頭上のどこかの梁から不規則にしたたり落ちる水のかすかな音だけだった。彫像も座席もない。ステンドグラスの窓すらはずされている。はじめてここにもぐったときに、水中ライトの光が切り裂いた周囲の水の質感を思い出した。ぼくたちの侵入に驚いて、見たこともない大きな魚が暗闇から出てきたものだ。ここにもぐるのは一種の冒険で、失われた場所について知る手がかりが何か見つかるのではないかといつも感じていた。でも、いま感じるのは冷気だけだ。きのう、暗くなりかけた小道を町へもどりながらこみあげたのと同じ感覚だった。

ぼくはまた通りへ出、両手で水をすくいあげて唇に運んだ。甘い水で、喉に冷たさが伝わる。酒のせいで喉が渇いていた。もう一杯すくって顔をあげ、通りの先を見たとき、水上を動く光が目にはいった。ぼくは暗闇のなかで目を細めた。遠くで何かの行列がゆっくりと静かに浅瀬を移動し、水が減ってぬかるんだ平地を通って丘へのぼっていく。最初は、略奪者の一団が夜にやってきて、何百もの家族が残したがらくたから、使えるものを回収しているのだと思った。けれども、あまりにも人数が多く、体があまりにも細くて白い。互いの体をすり抜けて移動しているようにも見え、蠟燭の炎のように暗闇に消えて、すぐあとに人間の脚ではたどり着くはずがないところにまた現れる。荷物を背負った者もいる。蠟燭立て、ぶつかり合って鈍い音を立てる巨大なラジオ、パンの塊があふれそうなバスケット、衣類の束、椅子、まるめられて不恰好にゆがんだ絨毯やラグ。しかし、やはり顔は見えない。声がしないかと耳を澄ましたけれど、何も聞こえない。夜の冷気のなか、ぼくは胸の前で腕を組んでそちらへ近づいた。

いったいどんな光の魔法によって、水の抜かれた貯水湖の底で見えるありえない光景が現実のように感じられるのだろうか。妹と祖父母とヴィリーが群れのなかで歩いているのを見たとき、そう思った。強烈な痛みが胸に湧きあがり、喉のいちばん上までのぼってきた。みんながそこにいる。ルビーの顔も、敏捷な運動選手の体も、歩みの遅い祖父母とヴィリーといっしょにいるのがもどかしそうだ。みんな、列の真ん中にいる。ルビーは三人のあいだを動きまわり、先へ走ったりもどってきたり、興奮して落ち着かない。出かける前にはいつもそうだった。みんなは互いに手を貸して、水からぬかるんだ平地にあがる。なぜか祖母も祖父もかなり若い。ぼくのずっと昔の記憶にある姿だ。けれども、だれもぼくに気づかない。そのまま歩き、視線は前の丘へ向いていて、丘の向こう側で何かが待ち受けているかのようだ。

ぼくは体の震えを感じた。夜と水が骨の髄まで染みていたけれど、そこにとどまって、行列が闇を進むのを見ていた。いまも声はなく、何百もの人影のなかで顔があるのは妹とヴィリーと祖父母だけだ。流浪者たちの最後のひとりが闇のはるか向こうへ消えるまで、ぼくは待った。靄が谷に流れこむ。ぼくはそこに立ったまま両手をポケットに入れ、身を包む冷気に背中をまるめて、ぼくの知る人たちが難民の列とともにもどるのを待った。しかし、もどらなかった。一時間かそれ以上か、どのくらい待ったかわからないけれど、やがて町が一面の靄に覆われると、ぼくは来た道をゆっくりもどり、打ち捨てられた筏の横を通って、町へつづく小道を歩いていった。

町の明かりがまた見える前に、パーティーの音が聞こえた。ぼくはびしょ濡れで、泥まみれで、震えていた。目抜き通りを歩いていると、靴がひどい音を立てた。ぼくは〈カサ・ペペ〉の前の歩道で足を止め、ズボンの汚れを払い落とそうとした。叫びや笑い声が通りに漏れてきて、たくさんの声のなかにアコーディオンの音色が聞こえる。父が指をしなやかに動かして、〈ムシデン〉という、たしか何かをあとに残して去ることについての歌をうたいはじめた。背すじを伸ばして店にはいると、母と父が真ん中にいた。父は年代物のホーナーのアコーディオンを胸もとで支えて、ナイロン弦ギターを弾く痩せた長身の男の横に立っている。母はあの少女と踊りだした。少女の着ていた服は母を魅了し、手のこんだ織布が美しくてとても神秘的だった。ぼくは人を掻き分けて進み、ヌリアを見つけた。緑と白のビーズがかかったドアの横のテーブルで、釣り師の老人といっしょにいる。老人はぼくに気づいて微笑み、後ろにもたれて大きな両手を腹の上で組み合わせた。ヌリアはぼくの姿を見て笑った。ぼくは腿まで泥と水まみれで震えていた。

「大アマゾンの半魚人」ヌリアは言って、ぼくの脚にふれた。「どうやら冒険してきたみたいね」どこへ行っていたか、わかったにちがいない。ヌリアが立ちあがるとき、ぼくは手をとって顔を彼女の肩にうずめ、息を吸いこんだ。ぬくもりと、肌の下で力強く動く脈を感じられて、うれしかった。ぼくたちは踊りだした。隣には母がいて、少女の小さな手をそっと手のひらに載せていっしょに導いていく。ぼくはヌリアの手を自分の手で包み、腰を強く抱いた。すると部屋じゅうの人たちが腕と腕を組み、この別れの歌に合わせて手拍子を打って、やがてメロディをすっかり覚えた。

コーラス部分に差しかかると、父が足を大きく踏み鳴らし、歌詞が長い年月を隔ててぼくの記憶によみがえった。

　さらば　行くよ
　きみを残して

ぼくたちの歌声が夜へ漂い出て、幻影やたまゆらの亡霊のように死者の列を越えていく。パーティーは夜更けまでつづき、みんなが歌って飲んで踊った。夜の終わりを恐れて焦ることはない。この日、ぼくたちは奇跡を見た。ここがぼくの居場所だ。命ある者のなかで、愛しい人たちとともにいるこの場所が。

謝辞

この作品の執筆にあたって滞在の場所を提供してくれたバンフ芸術センター、ヤドー芸術村、バルパライソ財団にお礼を申しあげる。そして、必要な場所を見つけるのに協力してくれたトロント芸術協会、オンタリオ芸術協会、カナダ協会にも。

作中の記述の原典となった以下の刊行物の発行者のかたがたにも謝意を表したい。《カナディアン・フィクション・マガジン》、《ディスカント》、《グレイン》、《クイーンズ・クオータリー》、《クオーリー》、『一九九七年の催事』（オベロン・プレス社）、『一九九七年ジャーニー賞短編集』（マクレランド&ステュワート社）。

この作品は、多くの人たちのすばらしい助言がなければ書きあげることができなかった。クレア・ヘンダーソン、ヴィクトリア・ベル、ボブ・ウォード、シェリル・パール・サッチャーに尽きせぬ感謝を捧げる。

グラシアス・ア・ミ・エルマーノ、ホセ・ラモン、キエン・メ・アユド・ア・デスクブリール・ロ・ケ・ケダ・アル・フォンド（最後まで残されたものを見つけ出すのを手伝ってくれたわが同胞ホセ・ラモンよ、ありがとう）。

訳者あとがき

デニス・ボック『オリンピア』を日本のみなさんにようやくお届けすることができて、うれしく思う。二十世紀の終わりにカナダで出版されたこの作品が、四半世紀を経て翻訳刊行されるに至った事情は後述するとして、まずは内容の――

と、客観的かつ冷静にはじめようと思ったのだが、やはり無理だ。一九九八年にこの作品を原書で読んだとき、なんと美しく、なんと豊かなイメージに満ちあふれ、なんと静かに力強く心を打つ文章かと思った。すっかり虜になった。いつの日か、これを日本語で紹介できたらどんなにうれしいかと思った。まだ文芸翻訳の仕事を本格的にはじめてはいなかったころのことだ。

その後、いろいろあったものの（「いろいろ」については後述）、けっして万人受けするような読みやすい作品ではないこともあって、なかなか商業出版に漕ぎ着けることができなかったが、このたび新生出版社・北烏山編集室が世に送り出す最初の作品として『オリンピア』を選んでくれることになった。北烏山編集室のおふたり（津田正さんと樋口真理さん）に深く御礼申しあげるとともに、ぜひ今後も末長く、尖鋭で刺激的な本を出しつづけてもらいたいと強く祈っている。

『オリンピア』は、一九三六年のベルリン・オリンピックを起点に、七二年のミュンヘン、七六年のモントリオール、そして九二年のバルセロナまでのオリンピックを背景として、三代にわたるアスリート一家の歴史を描いた物語である。そんなふうに書くと、トレーニングの苦労や激しい試合を通じての登場人物の成長を中心としたさわやかな物語、もしくは涙と感動の物語が頭に浮かびそうだが、この作品はそういうものとはまったく異なり、そもそもスポーツそのものの描写もオリンピック自体の描写もほとんどない。ひたすら描かれるのは、三代にわたってオリンピックに無名選手としてかかわったドイツ系カナダ人一家のひとりひとりが日常生活で体験した苦悩であり　挫折であり、悪夢であり、そして救済である。

Olympia というのは、レニ・リーフェンシュタール監督によるベルリン・オリンピックの公式記録映画二部作〈民族の祭典〉〈美の祭典〉の原題でもある。小説『オリンピア』は七つの話から成る連作短編集であり、それぞれの短編の前に付された一ページ程度のプロローグにおいて、主人公ピーターの祖父母やその周辺の人々とベルリン・オリンピックとのかかわりが断片的に描かれる。これらが各話のプロットと微妙にかかわり合って、一家の歴史を静かに描いた物語に不思議な立体感を与え、歳月の重みについて、戦争について、家族の絆について、生と死について、読者に深く問いかけていく。

連作短編集と言っても、七つの話は時代順に並べられていて、実質的にひとつのまとまった長編だと言ってよい。それぞれのエピソードは密接に関連し、何かの象徴とおぼしき事物が忘れたころに再登場したり、ちょっとした記述があとの話のさりげない伏線になっていたりして、読む者に中途半端な流し読みを許さない。緻密に構成された文章は、後述する水や空気にまつわる豊かな描写と相まって、心地よい強度の読書体験をもたらしてくれる。

七つの話で描かれるおもな時期と、背景となるオリンピックは以下のとおりである。

第一話　結婚式　一九七一年
第二話　オリンピア　一九七二年　ミュンヘン五輪
第三話　ゴーレム　一九七三年
第四話　ルビー　一九七六年ごろから七九年　モントリオール五輪
（八〇年のモスクワ五輪にも言及）

第五話　荒天　　　　　　　一九八一年ごろから八二年ごろ
第六話　スペイン　　　　　一九八八年　ソウル五輪
第七話　マドリード上水道　一九九二年　バルセロナ五輪

なお、主人公ピーターは一九五八年生まれ、妹のルビーは一九六二年生まれと考えられるが、連作短編集ということもあって、話によっては年齢が少しずれている個所がいくつかある。そのことが作品全体の流れをけっして損なってはいないので、翻訳ではあえて調整していないことをおことわりしておく。

各話は、すべてピーターの視点から書かれていて、繊細で内省的な語りは穏やかだ。ときに辛辣な一面をのぞかせながらも、妹思いの心やさしい少年だったピーターが、物語の中盤であまりにもきびしい人生の現実に直面したあと、むなしい思いをかかえたまま自分なりに折り合いをつけて生きていき、やがてしっかりとみずからの居場所を見つけ出す姿は、多くの読者の心を静かに打つだろう。

ドイツ系移民の一家の話ということもあり、当然ながらこの一家の歩みにはふたつの世界大戦が色濃く影を投げかけている。ピーターの母方のおじギュンターはユダヤ人を毛ぎらいするかのようにふるまい、一見どうにも理解しがたい部分があるが、母方の一族が第二次大戦でユダヤ人に劣らぬ忌まわしい体験に見舞われたことがわかると、その屈折ぶりも納得できる。ピーターの母が口にした「ねえ、みんな苦労したのよ。だれもが同じようにね」ということばはずっしりと重い。戦争体験のちがいは、やがて父とのあいだに感情の齟齬が生じていく遠因ともなる。

母方の大おじのヴィリーは第一次大戦で国家の英雄として戦ったものの、負傷して大きな障碍を長くかかえつづける。それに対して、移民三世にあたるピーターは、祖先の国ドイツを「先史時代のぬかるみでもがきつづける愚かな野獣」と一蹴し、ドイツ語を嫌悪して家族のだれともドイツ語を話そうとしない。まだ若いピーターがヴィリーに対して冷淡な態度、ときに残酷な態度で接するのも、そういった世代間の断絶が背景にある。

一方、ピーターの父方はアスリート一族であり、セーリングの選手だった祖父ルドルフと水泳飛びこみの選手だった祖母ロッティは、ベルリン・オリンピックで出会って恋に落ちる。父ヨーゼフも一九六〇年のローマ・オリンピックに出場したセーリング選手で、引退後はヨットの設計と製造にかかわる。ピーターと妹ルビーもたぐいまれな運動能力を持ち、みずからのさらなる進化を信じて疑わない。

そんな奇跡の一族が、ふたつの大きな不幸に見舞われ、迷走しながらも時間をかけて不器用に立ちなおっていくのがこの物語の大筋である。その歩みはけっして力強いとは言えないが、ユダヤの血を引くヌリアの力を借りて一家が徐々に癒やされ、新たな奇跡によって再生する最終話で、それまで漂っていた陰鬱さが一気に吹き飛ばされる。「深い感動」といったことばでは言いつくせない圧巻の充実感を、この物語は与えてくれる。

もうひとつ、この物語で重要な役割を占めているのが「水」の存在である。水はこのオリンピアンの一家が神から祝福されてきた象徴だとも言えるが、その一方で苦難の象徴でもある。水難事故、水を失ったプール、洪水、水中に埋没した町。さらに、ピーターの体内を流れる血液を含めてもいいかもしれない。

水ほど強調されてはいないが、「空」や「空気」の存在も大きい。ヨットを動かす風、竜巻、そしてルビーの飛翔。それらからさまざまな意味を読みとることも可能だが、純粋に美しいイメージに身を委ねて読み進めていくだけでも、この作品の魅力を体感できる。ほかの描写の隅々にもシンボリックな意味合いがこめられていて、カズオ・イシグロやジュリー・オオツカなどの傑作にも劣らぬ密度の高さを感じるが、プロットとキャラクターの魅力だけでもじゅうぶんな読み応えがある。

作者のデニス・ボックは一九六四年生まれのドイツ系カナダ人作家である。『オリンピア』の主舞台であるオンタリオ州の出身で、一九五〇年代の半ばに両親がドイツからカナダへ移り住んでいて、ボック本人は移民二世にあたる。両親の出身地は、父親がバイエルン、母親がシュレジエンで、本作のピーターの両親とは逆である。ボックはウェスタン・オンタリオ大学で英文学と哲学を専攻し、卒業後は数年間スペインのマドリードで暮らして、英語を教えながら文章修業をつづけた。『オリンピア』の原型となる短編を執筆したのもそのころだという。その後、トロント大学などで文芸創作を教えるかたわら、寡作ながらいくつかの長編小説を発表してきた。

本作『オリンピア』はデビュー作となる連作短編集で、一九九八年に刊行され、カナダですぐれた短編小説を発表した新人作家に与えられるダニュータ・グリード文学賞や、イギリス連邦のすぐれた新人作家に与えられるベティ・トラスク賞などを受賞した。

長編第一作となる *The Ash Garden*（二〇〇一年）は、日本でも翻訳され、『灰の庭』（小川高義訳、河出書房新社、二〇〇三年）として刊行された。広島で被爆した少女エミコ、ドイツから亡命してアメリカで原爆の開発にかかわったアントン、その妻である元ユダヤ難民のソフィーの三人の半生を描いた物語で、その三者のあいだで視点が順繰りに入れ替わっていく。アメリカへ渡って学者となったエミコが夫妻とどのようにかかわっていくかを軸として、物語はしだいに緊張感をはらんで進み、やがて意外な秘密が明らかになる。戦争体験の重み、描かれる日本の風景の縹渺とした印象、綴られる不たしかな記憶の奇妙な美しさなど、『遠い山なみの光』や『浮世の画家』といったカズオ・イシグロの初期作品を随所で髣髴させる秀作である。アメリカとカナダでベストセラーとなり、二〇〇二年にカナダ日本文学賞を受賞した。

長編第二作 *The Communist's Daughter*（二〇〇六年）は、日中戦争下で精力的に医療活動をおこなった実在のカナダ人医師ノーマン・ベチューンを主人公とした小説で、まだ見ぬ娘への七通の手紙という形式をとっている。手紙のなかでは、第一次大戦やスペイン内戦での体験、妻との出会いと別離、仲間の裏切りなどがときに時空を飛び越えて語られ、やがて病を得た主人公が懸命にメッセージを残そうとするさまが痛々しくも力強い。

長編第三作 *Going Home Again*（二〇一三年）は、壊れかけた夫婦関係や家族とのかかわりを見つめなおそうとする四十代の兄と弟の物語である。自分の居場所を模索するふたりが対照的な選択をするまでの話の運び方は、ボック作品の常で、回想が多く差しはさまれるものの、他作品よりも癖が少ない。

そして、現時点での最新作 *The Good German*（二〇二〇年）は、ヒトラーが暗殺された世界のその後を描いた歴史改変ディストピア小説で、『オリンピア』と同じく、ドイツ系カナダ人たちの姿をおもに描いている。ゲーリングが首相になる、ロンドンに原爆が落とされる、ドイツとアメリカと日本が同盟を組むといった展開は、フィリップ・K・ディックの『高い城の男』やフィリップ・ロスの『プロット・アゲンスト・アメリカ』を想起させ、『侍女の物語』のマーガレット・アトウッドなどからも絶賛されている。とはいえ、描かれるのは無名の人々の日常的な苦悩がほとんどであり、中核にあるものは『オリンピア』から一貫して変わらない。

わたしが『オリンピア』の原書を最初に読んで魅了されたのは、ミステリーの翻訳の仕事をはじめたばかりで、まだ長編の訳書が一冊も出ていないころだった。ピーターやルビーと、そして作者ともほぼ同世代の自分にとって、共鳴する記述があまりにも多く、その一方で、この作品の文体や構成や歴史的背景など、あらゆる側面に惹かれて、自分の手で翻訳したい気持ちが芽生えた。とはいえ、当時は純文学作品を刊行している出版社になんの伝もなく、目の前の仕事をこなすのが精いっぱいで、そうこうしているうちにボックの次作『灰の庭』が小川高義さんの翻訳で出版されたので、いずれ『オリンピア』も出るものと思って、自分の手で紹介するのは断念していた。

その後、『オリンピア』の訳書が日本で出ないまま、やがては『灰の庭』も入手困難になって、デニス・ボックの名前は世間からほぼ忘れ去られたが、この作品を日本で紹介したいという思いは消えなかった。二〇一七年に『世界文学大図鑑』（三省堂）の翻訳を担当したころから、ミステリー以外の仕事を徐々に増やしてきたわたしは、『オリンピア』の翻訳刊行企画を出版社に持ちこみはじめたが、昨今の出版事情では、この地味な作品を引き受けてくれる版元はなかなか見つからず、二〇二二年までに七社からおことわりの返事をいただいた。

一方、そのあいだに、みずからを奮い起こしたい気持ちもあって、ふだん教えている翻訳クラスの人たちといっしょに『オリンピア』を訳し進めるオンライン勉強会をスタートし、コロナ禍のさなかに半年にわたってつづけたので、日本での版元が決まらないまま、二〇二二年に全編を訳了した。受講者からの質問を受けているうちに自分の誤りを修正したり、読みの浅さに気づかされたり、とても実りの多い勉強会だった。英文テクストとしてはまちがいなく最高難度だったこの作品の翻訳作業に並走してくれた勉強会参加者のみなさんに、この場を借りてお礼を申しあげる。

そして、二〇二三年にはいってしばらく経ったころ、『世界文学大図鑑』の担当編集者だった樋口さんから、研究社の編集者だった津田さんといっしょに新たな出版社・北烏山編集室を設立するにあたって、翻訳書の第一弾として『オリンピア』を刊行したいというご連絡をいただいた。樋口さんは『灰の庭』の愛読者であり、この『オリンピア』も少し前に全文を読んでもらっていたが、まさか会社の船出のお供にしてもらえるとは思ってもいなかったので、こちらはただただ驚き、感謝するばかりだった。

ほかにも、いくつものご縁と、数えきれない人たちのご尽力があって、ついにこの日本語版『オリンピア』を世に送り出すことができた。原著刊行から四半世紀を経ても色褪せていないこの作品が、ひとりでも多くの読者の心に届くことを祈っている。

二〇二三年九月

越前敏弥

デニス・ボック DENNIS BOCK

1964年生まれのドイツ系カナダ人作家。
オンタリオ州オークヴィル出身。
ウェスタン・オンタリオ大学で英文学と哲学を専攻、
卒業後さらに5年間マドリードで暮らす。
現在、トロント大学などで文芸創作を教えるかたわら、作品を発表している。
本作 *Olympia* はデビュー作で、
Danuta Gleed Literary Award、Betty Trask Awardなどを受賞した。
第二作 *The Ash Garden*（2001年、『灰の庭』小川高義訳、河出書房新社、2003年）は
カナダ日本文学賞を受賞。
ほかに *The Communist's Daughter*（2006年）、*Going Home Again*（2013年）、
The Good German（2020年）。
最新作 *The Good German* は、ヒトラーが暗殺された世界の
その後を描いた歴史改変ディストピア小説で、
Olympia と同じくドイツ系カナダ人たちの姿を描いている。

越前敏弥 TOSHIYA ECHIZEN

1961年生まれ。文芸翻訳者。
訳書『世界文学大図鑑』『世界物語大事典』（以上、三省堂）、
クイーン『Yの悲劇』、D・ブラウン『ダ・ヴィンチ・コード』（以上、KADOKAWA）、
ダウド『ロンドン・アイの謎』、F・ブラウン『真っ白な嘘』（以上、東京創元社）、
ハミルトン『解錠師』（早川書房）、マッキー『ストーリー』（フィルムアート社）など。
著書『文芸翻訳教室』（研究社）、『翻訳百景』（KADOKAWA）、
『名作ミステリで学ぶ英文読解』（早川書房）、
『はじめて読む！海外文学ブックガイド』（河出書房新社、共著）など。

オリンピア

2023年12月15日　初版第1刷発行

著者　デニス・ボック
訳者　越前敏弥《えちぜんとしや》
発行所　株式会社 北烏山編集室
〒157-0061 東京都世田谷区北烏山7-25-8-202
電話 03-5313-8066　FAX 03-6734-0660
https://www.kkyeditors.com

装釘　宗利淳一
印刷・製本　シナノ印刷株式会社

ISBN978-4-911068-00-7
落丁本・乱丁本はお取り替えいたします。